LE CRIME
DE LA PIERRE LEVÉE

87, quai Panhard et Levassor – 75647 Paris Cedex 13
ISBN : 978-2-0812-3098-9

CATHERINE CUENCA

LE CRIME
DE LA PIERRE LEVÉE

Flammarion Jeunesse

Chapitre 1

Une visite inattendue

Juin 1101

Ce soir-là, Bruna et son grand-père réparaient des paniers, assis à l'ombre de la pierre. Le soleil commençait à décliner et l'ombre s'allongeait démesurément, jusqu'à recouvrir la petite bergerie aux murs de pierres sèches adossée à la montagne.

— Tu verras, dit le vieil Aloïs. Le matin de la Saint-Jean, le soleil se lèvera exactement face à elle.

Bruna connaissait par cœur l'histoire de la pierre. Mais elle ne se lassait pas d'écouter l'ancien à la barbe blanche la conter, tandis que ses doigts habiles entrelaçaient les brins d'osier.

La pierre était un bloc vaguement rectangulaire, haut comme deux hommes. Même Grand-Père ne savait pas depuis combien de temps elle était là, plantée dans le sol aride de cette montagne battue par les vents. Mais ce dont il était sûr, c'est que des hommes sages et savants l'y avaient élevée pour rendre hommage au soleil.

— Si tu écoutes, tu l'entendras respirer, ajouta-t-il, ses yeux bleus pétillant dans son visage buriné.

Ils se turent, l'oreille tendue. Le vent sifflait en glissant le long de la pierre. Le cri d'un aigle se répercutait sur la montagne désolée.

— Bruna !

La jeune fille se redressa, le cœur battant. Son frère Pierre, pieds nus, dévalait les rochers avec ses chèvres. Les pans de sa chemise trouée claquaient autour de lui.

— Grand-Père ! Bruna ! Marraine est ici !

En deux enjambées, le garçon les avait rejoints. Bruna et lui avaient la même peau mate, les mêmes épais cheveux bruns et de grands yeux noirs. Ceux de Pierre brillaient d'excitation.

— Elle arrive par le chemin de la combe.

L'étroit sentier muletier rejoignait la petite bergerie en serpentant à flanc de montagne. Une jeune femme y progressait d'un pas sûr, sans prendre la peine de retenir ses jupes qui gonflaient et claquaient autour d'elle.

— C'est bien Annette, sourit Aloïs. En quel honneur recevons-nous cette visite ?

— Je viens pour une affaire de toute première importance, répliqua la jeune femme.

Ses cheveux étaient dissimulés sous un long voile blanc et ses vêtements sentaient la lavande. Annette avait toujours été coquette et d'humeur taquine.

— Bon père Aloïs ! s'écria-t-elle. Quel bonheur de vous revoir, aussi vaillant malgré l'âge !

— C'est un bonheur pour nous aussi, insolente ! rétorqua le vieil homme en fronçant les sourcils.

Annette éclata de rire. Elle avait apporté un fichu pour Bruna, un petit couteau pour Pierre et un chapeau de cuir pour Aloïs.

— Comment vont les affaires ? s'enquit-elle tandis que Bruna servait un bol de lait de chèvre et une tranche de pain noir avec du sel dans l'unique pièce de la bergerie.

— Tu sais bien que je soigne les gens sans rien demander en retour, répliqua Aloïs.

— Mais ils savent se montrer généreux, dit Annette en avisant un denier posé sur la huche.

La veille, un jeune chevalier s'était présenté à la bergerie. Il était blessé à la jambe. Il avait demandé à voir Aloïs le Guérisseur et le vieil homme l'avait soigné sans poser de questions. En partant, il avait laissé une pleine poignée de deniers.

— Et toi, Bruna, connais-tu des remèdes ? demanda brusquement Annette.

— Oui, un peu, admit Bruna. Grand-Père m'a appris à reconnaître les plantes qui soignent.

— C'est une bonne chose, se réjouit la jeune femme. Le seigneur de Roquemaure appréciera.

Pierre et Bruna la dévisagèrent, interdits.

— Que veux-tu dire ? demanda lentement Aloïs.

Annette but une longue gorgée de lait avant de répondre.

— Je dis que le sieur Bernard appréciera, car Bruna va rentrer avec moi à Roquemaure. Une place l'attend au château.

Un silence hébété tomba sur la pièce. Pierre fixait Annette, bouche bée, et Bruna se dit qu'Annette plaisantait encore. Mais la jeune femme releva la tête et les dévisagea l'un après l'autre d'un air grave. Quand son regard rencontra celui d'Aloïs, celui-ci croisa les bras sur la table et dit calmement :

— Ainsi, tu décides de la vie de Bruna ?

— Je suis sa marraine, rétorqua Annette. J'ai des droits. Bruna a quinze ans. Il est temps de songer à la marier.

— Annette !

Le vieil homme avait haussé le ton. Son visage avait pâli et ses yeux rieurs étaient devenus d'un bleu froid.

— Bruna saura très bien choisir son mari le moment venu.

— Choisir ? s'exclama la jeune femme.

Elle partit d'un grand rire.

— Vous n'allez pas me faire croire que vous voulez lui faire faire un mariage d'amour ?

— Et pourquoi pas ?

— On ne se marie pas par amour ! coupa sèchement Annette.

Bruna se mordit les lèvres pour ne pas rire, songeant que sa marraine devait certainement penser à son propre mariage avec un boulanger-pâtissier aussi mollasson et taciturne qu'elle était vive et bavarde. Le père d'Annette possédait un four et, n'ayant eu qu'une fille, tenait à s'assurer que son commerce survivrait à sa mort. Annette avait épousé Robert à l'âge de douze ans. La seule fois où il était venu à la bergerie, il s'était endormi devant l'âtre, les mains croisées sur son gros ventre, pendant qu'Annette parlait, intarissable.

— Un mariage d'amour, reprit Aloïs. C'est ce que Pierre et Marie voulaient pour les enfants.

— Mais Pierre et Marie ne sont plus là, objecta Annette.

Il y eut un silence. Bruna porta furtivement la main à son cou. La petite croix en bois était là, cachée dans le col de sa chemise.

Cinq ans auparavant, ses parents et quelques habitants du village voisin de Peyrefitte étaient partis à pied pour Jérusalem. Le pape Urbain II avait appelé à la Croisade de tous les chrétiens. Il fallait reprendre la Terre sainte aux musulmans. Les années avaient passé. Un jour de printemps, Grégoire le Barbu était apparu sur le chemin de la combe. Il marchait lentement, son corps amaigri à peine vêtu, ses pieds enveloppés dans des chiffons. Dans sa main, Bruna avait reconnu le pendentif que sa mère portait toujours autour du cou. La route vers Jérusalem, à travers des pays sauvages et lointains, avait duré des mois. Le groupe avait été attaqué et dépouillé par des brigands, il avait souffert du froid, de la faim et de la soif. Pierre et Marie d'Aloïs étaient morts d'épuisement aux portes de Jérusalem, avant d'avoir vu sa reconquête. Grégoire le Barbu était revenu avec pour seul souvenir la petite croix de Marie, et c'était Bruna qui la portait désormais.

— Pierre et Marie ne sont plus là, c'est vrai, répondit Grand-Père. Mais je suis de leur avis.

Annette haussa les épaules.

— Peu importe. Ce n'est pas ici, à cinq lieues du premier village, que Bruna trouvera un époux. J'ai parlé d'elle au sieur de Roquemaure. Il est disposé à la prendre à son service aux cuisines du château. Elle y rencontrera du monde.

— C'est à Bruna de décider, dit Aloïs.

— Bruna, souffla Pierre, interloqué, tu vas partir à Roquemaure ?

Bruna jeta un œil vers son grand-père. Il souriait.

Savait-il qu'elle s'asseyait souvent sur la montagne, du côté qui surplombait la route de Peyrefitte, pour guetter les voyageurs ? De jeunes hommes passaient à pied ou à cheval, fringants sur leurs belles montures. Parfois des dames les accompagnaient. Elle les regardait et elle rêvait. Elle était une de ces belles dames qu'un chevalier emmenait dans un château lointain et mystérieux.

Mais la main d'Aloïs tremblait sur le bol de lait.

— Grand-Père a besoin de moi.

Annette pouffa.

— As-tu fini ? Ton frère a dix ans. Il saura bien s'occuper de lui !

Aloïs sourit.

— Ne t'inquiète pas pour tes hommes, Bruna. Ils sauront se tirer d'affaire. Et tu nous rendras visite de temps en temps.

Bruna prit une grande inspiration.

— Alors, je veux bien y aller.

La nuit était tombée. Les chèvres se pressaient dans leur enclos en bêlant doucement. Bruna rejoignit le grenier à foin au-dessus de la bergerie. C'est là qu'elle dormait, avec Pierre. Son frère y était déjà, contemplant le ciel par une étroite ouverture dans le mur.

— Tu es prête ?

Ses joues étaient mouillées. Il avait pleuré. Elle ne se souvenait pas qu'ils se soient jamais quittés.

Pierre n'avait pas cinq ans au départ de leurs parents et elle s'était toujours occupée de lui. Ils se partageaient le travail à la bergerie et se retrouvaient le soir à la veillée autour de leur grand-père.

— Oui, dit-elle, le cœur serré tout à coup. Annette veut partir à l'aube. Il y a quinze lieues d'ici à Roquemaure. Une journée entière de marche.

— C'est là-bas.

Du menton, Pierre désignait la masse noire des montagnes, de l'autre côté de la vallée, qui ressemblait au dos d'une énorme bête couchée sous la lune.

— Alors je pourrai peut-être voir la maison ! dit Bruna en essayant de prendre un ton enjoué.

— À quoi crois-tu que cela ressemble, Roquemaure ?

— Annette dit que c'est très grand. Beaucoup plus grand que Peyrefitte.

Elle essayait de s'imaginer des rues pleines de monde, des places, des remparts et un château haut comme une colline, mais elle ne connaissait que le village de Peyrefitte, avec son unique rue bordée de maisons basses et son petit marché où ils allaient de temps à autre vendre du lait. Et elle n'avait jamais rencontré de seigneur. Un jour d'hiver, des années auparavant, un groupe d'hommes à cheval était passé par la route de Peyrefitte. Grand-Père avait déclaré :

— Voilà un seigneur et ses gens qui reviennent de la chasse.

Du seigneur en question, Bruna n'avait pu apercevoir qu'un visage aux traits flous sous un bonnet de fourrure. Il faisait si froid ce jour-là et elle était si petite... Elle savait juste qu'un seigneur était un homme qu'il fallait craindre et obéir.

— Je vais être malheureux sans toi, renifla Pierre.

— Je reviendrai souvent, je te le promets, dit la jeune fille.

Mais elle n'en savait rien. Elle ne pouvait qu'espérer que Grand-Père avait raison et que tout se passerait bien. Elle serra son frère contre elle et ils s'endormirent, roulés en boule dans le foin.

Chapitre 2

ROQUEMAURE

— Nous y voilà ! dit Annette.

Bruna leva les yeux vers le château. Il était construit d'un bloc au sommet d'un promontoire qui dominait la vallée. Sa masse grise était flanquée d'une énorme tour au toit d'ardoises défraîchies. Des maisons de pierre se serraient contre ses remparts, accrochées aux flancs de la butte. Une bande de corbeaux les survolait en poussant des cris sinistres.

— Messire Bernard est veuf et vit seul à Roquemaure depuis le mariage de sa fille avec un chevalier de Castelmont. C'est un homme bon et juste. Tu verras, tout se passera bien, dit Annette d'une voix enjouée.

Bruna ne répondit pas. Elle avait marché toute la journée, pleine d'espoir. Mais la vue de cet inquiétant château lui donnait soudain envie de faire demi-tour et de retrouver Pierre et son grand-père à la bergerie.

— Annette, tu ne crois pas que...

— Tourne-toi que je t'arrange un peu, coupa la jeune femme.

D'une main fébrile, elle replaça le bonnet sur les cheveux de Bruna et secoua les plis de sa robe pour en ôter la poussière du voyage.

— Tu es parfaite, ma jolie ! N'oublie pas de saluer et de sourire.

Ravalant sa déception, Bruna s'engagea à la suite de sa marraine sur la route boueuse qui entrait dans le bourg.

Des chiens et des volailles s'ébattaient entre les flaques d'eau au milieu d'enfants jouant à la balle. Annette avançait, fière et droite telle une reine, en saluant toutes les personnes qu'elles croisaient.

— Voici ma filleule, la petite-fille d'Aloïs.

— Aloïs le Guérisseur ? répondaient les passants avec un hochement de tête respectueux.

Bruna baissait la tête et rabattait les volants de son bonnet sur son visage pour échapper aux regards qui la suivaient.

Les épaisses murailles du château se dressaient maintenant devant elle. Deux jeunes hommes discutaient près du pont-levis enjambant un large fossé. Annette les héla.

— Eh bien, messire Florent, on perd son temps en bavardages ? Le père Barberin ne va pas être content...

Le garçon à qui elle s'adressait portait un manteau à capuchon et des chaussons de cuir. De grands yeux noirs brillaient dans son visage mat aux traits réguliers et ses cheveux bruns tombaient en ondulant sur ses épaules.

— Je l'attends, répondit-il en souriant. Il rend visite à messire Bernard.

Il se tourna vers Bruna et s'inclina courtoisement.

— Florent, reprit Annette, voici Bruna, ma filleule, la petite-fille d'Aloïs le Guérisseur.

— Bienvenue à Roquemaure, demoiselle Bruna, dit le jeune homme avec un sourire.

— Pas tant de manières ! le rabroua Annette. Bruna servira dorénavant aux cuisines du château. Tu la verras bien souvent. Florent est le bedeau de notre paroisse, expliqua-t-elle à Bruna tandis qu'elles s'éloignaient. Il a seize ans et une très bonne condition. Le père Barberin le dotera très certainement à sa mort. Un bon parti pour toi !

La jeune femme eut un petit rire de satisfaction. Bruna sourit distraitement. La cour pavée du château se déroulait devant elle. Rassemblant son courage, elle suivit Annette d'un pas tout de même hésitant.

Un escalier de pierre conduisait à l'entrée du donjon. Une porte de bois massif ouvrait sur une grande salle dont le sol jonché de foin exhalait un délicieux parfum d'herbes sauvages. Un homme à la moustache et aux cheveux blancs siégeait dans une chaise à haut dossier. Il bâillait en regardant par la fenêtre, avec l'air de s'ennuyer mortellement.

— Le seigneur Bernard de Roquemaure, souffla Annette à Bruna.

Un homme en armes s'avança à leur rencontre. Sur un signe de tête d'Annette, il se tourna vers le seigneur.

— Messire, Annette Martin demande audience.

— Qu'elle approche, ordonna le vieil homme d'une voix lasse.

Annette salua profondément.

— Messire, je viens vous présenter ma filleule, Bruna. Si tel est votre souhait, elle prendra dès aujourd'hui sa place aux cuisines du château.

D'une main ferme, elle poussa la jeune fille devant elle.

— C'est une brave fille qui ne rechigne pas à l'ouvrage.

— La petite-fille d'Aloïs le Guérisseur ? s'enquit le vieux seigneur d'une voix rocailleuse. Tu connais donc quelques remèdes, ma fille ?

Le ton était bienveillant. Bruna risqua un coup d'œil vers le seigneur. Il la considérait avec bonhomie.

— Oui, messire. Mon grand-père me les a enseignés.

— Voilà une bonne chose, sourit le vieil homme.

Bruna se sentit rassurée. Bernard de Roquemaure lui rappelait vaguement Grand-Père quand il s'asseyait le soir devant la bergerie pour lire quelques pages de la Bible.

— Je vous servirai avec dévouement, dit-elle.

— Tout cela est fort beau, messire, mais ne croyez-vous pas qu'avant toute chose il faudrait vous enquérir de la foi de cette jeune créature ?

Un homme vêtu d'une robe de bure venait de surgir dans la pièce. Il était grand et maigre. Dans son visage dévoré par une barbe noire, des yeux sombres luisaient sous d'épais sourcils broussailleux.

Il désigna Bruna d'un long doigt noueux.

— Es-tu une bonne chrétienne, ma fille ?

Saisie par le regard terrible du prêtre, la jeune fille ouvrit la bouche pour répondre, mais Annette avait déjà bondi :

— Je peux répondre de la vertu de ma filleule, père Barberin. Ses parents ont répondu à l'appel de la Croisade et sont morts sur la route de Jérusalem.

Ces mots ne semblèrent pas impressionner le prêtre.

— Ses parents, certes ! Mais elle, qu'en est-il de sa foi en Dieu ?

— Allons, mon père ! intervint Bernard de Roquemaure.

— Pardonnez mon insistance, sire, mais vous savez comme moi à quel point cette question est importante par ces temps !

— Vous n'allez pas accuser cette fille de sorcellerie parce qu'elle connaît des remèdes ?

— Là où il y a femme, il y a diable, souffla le prêtre.

Ses yeux luisants se posèrent sur Bruna et elle eut l'impression qu'ils cherchaient à la transpercer. Bernard de Roquemaure frappa du poing sur l'accoudoir de sa chaise.

— Suffit, père Barberin ! gronda-t-il d'une voix de stentor. J'ai dit ce que j'avais à dire et je ne changerai pas d'avis. Va, ma fille.

Le prêtre fit demi-tour. Pétrifiée, Bruna l'entendit s'éloigner en grommelant :

— Je vous aurai prévenu ! Bientôt, vous le regretterez...

Chapitre 3

LES POUVOIRS DE LA PIERRE LEVÉE

— Eh bien, que sais-tu faire, mignonne ?

Bruna regarda l'énorme femme plantée devant elle, les poings sur les hanches, au milieu de la cuisine voûtée qui sentait le lard et le lait caillé et elle murmura :

— Un peu tout, Madame.

— Madame ? s'esclaffa la grosse cuisinière en partant d'un rire tonitruant. En voilà des manières ! Mon nom c'est Francette et il n'y a pas de dame qui tienne ! Mais fais attention, à la cuisine c'est moi qui commande. Le maître dîne avec ses hommes d'armes tous les jours à sexte et soupe après vêpres. Il faut être à l'heure ! On va bien voir si tu es aussi débrouillarde que tu le dis. Ce soir, pour le souper, il y a une pièce de gibier. Messire Bernard adore la sauce noire. Tu vas me la préparer prestement.

Bruna passa un tablier crasseux et se mit à l'ouvrage. Mélanger le vinaigre aux pois écrasés et l'ajouter aux morceaux de pain grillés trempés d'eau et au poivre était toute une affaire, mais elle s'en sortit plutôt bien. Francette plissa le nez, goûta la sauce du bout d'une cuillère et déclara :

— Ça va ! Maintenant, je veux que tu prépares le dessert. Fais marcher ta cervelle ! Tu as intérêt à ce que ce soit bon.

Un dessert qui plaise au seigneur de Roquemaure ? Bruna ne connaissait que les gourmandises simples des paysans les jours de fête. Pouvait-elle préparer un pain perdu ou une crêpe ? Francette l'observait du coin de l'œil tout en surveillant la cuisson du gibier. *Fais marcher ta cervelle !* Oui, c'était bien cela. Réfléchir.

Bruna parcourut la cuisine du regard. Au milieu du fatras des couverts salis et des épluchures, elle avisa un pot de raisins secs. Elle avait son dessert !

— Alors, ça vient ? s'impatienta Francette. J'ai prévenu le maître que le souper était servi.

— C'est prêt.

Francette avisa les tranches dorées que Bruna faisait revenir à la poêle et haussa les sourcils.

— Du flan assaisonné de raisins secs[1] !

1. Flans à la poêle coupés en tranches : dans les festins du Moyen-Âge, on sert beaucoup de flans. Ceux-ci sont mêlés de graisse, découpés en tranches dorées à la poêle et saupoudrés d'épices.

Elle engloutit un morceau avec une mine gourmande et siffla :

— Très bon ! ma foi, ma belle, tu ne parles pas beaucoup, mais tu en as là-dedans !

— De par Dieu, ce n'est pas tous les jours que le maître fait un compliment, s'écria Francette en entrant dans la cuisine avec une pile de couverts sales. Il s'est régalé du flan de Bruna !

Bruna se sentit rougir. Après le souper du seigneur, les gens du château s'étaient réunis dans la cuisine pour manger à leur tour. Il y avait là Lison, une jeune servante de treize ans, et Seguin, le palefrenier, qui était aussi le mari de Francette.

— Mouais, marmonna-t-il en plantant son couteau dans un morceau de lard. Espérons qu'elle soit toujours là pour régaler notre bon seigneur !

— Tais-toi Seguin ! gronda sa femme.

— Ben quoi, ce n'est pas la vérité ?

Bruna les regarda l'un après l'autre, intriguée.

— Qu'est-ce que vous voulez dire ?

— Quoi, tu n'es pas au courant ? s'exclama Francette.

Au courant de quoi ? Annette lui avait-elle caché quelque chose ?

— De quoi s'agit-il ?

— Eh bien, commença la cuisinière gênée, une fille m'aidait en cuisine, avant toi. Margot, qu'elle s'appelait. Elle est morte. On l'a retrouvée il y a trois jours, à la lisière des bois de la Pierre levée, à moitié dévorée par les loups.

Un frisson parcourut Bruna. Annette ne lui avait rien dit de cela. Elle ne manquerait pas de le lui faire remarquer quand elle la verrait !

— Que s'est-il passé ?

— On ne sait pas, marmonna Francette.

Mais son visage disait le contraire.

— Il n'y a pas eu qu'elle, ajouta-t-elle après un instant d'hésitation. Une lune plus tôt, on a retrouvé une fille du village, à peu près au même endroit. Elle aussi, tuée par les loups. Les filles n'osent plus s'aventurer là-bas.

— Le père Barberin y voit un châtiment de Dieu, intervint Seguin. On se doute bien de ce que ces filles allaient faire dans ces bois au beau milieu de la nuit !

— On n'en sait rien, coupa Francette.

— Mais si, voyons, tout le monde le sait.

Un lourd silence tomba sur la table. « *Tout le monde le sait.* Pas moi », songea Bruna, mais elle n'osa pas interroger Francette. Les jeunes filles avaient-elles des rendez-vous secrets avec des garçons dans la forêt ? Ou bien...

La sorcellerie. N'était-ce pas ce dont le père Barberin la soupçonnait ? *À quel point cette question est importante par ces temps,* avait-il dit. Bruna s'efforça de chasser de son esprit le regard terrible du prêtre. Elle avait compris.

— Bon, conclut Francette d'un ton sec. Tu sais maintenant à quoi t'en tenir. Ces bois, mieux vaut les éviter.

Le logis des servantes était situé tout en haut du donjon, sous les toits. Bruna devait partager avec Lison une grande couche de paille posée à même le sol. Francette et Seguin, eux, habitaient une petite maison dans la cour, à côté des écuries.

La journée avait été longue, mais Bruna n'arrivait pas à trouver le sommeil. C'était la première nuit qu'elle passait hors de la bergerie et le fenil lui manquait. Pierre devait se sentir bien seul là-haut. Peut-être Grand-Père était-il monté dormir avec lui cette nuit-là ? Elle essayait de les imaginer reposant côte à côte sur le foin odorant. Ils allaient devoir plus que jamais veiller l'un sur l'autre, maintenant qu'elle n'était plus là.

Elle se leva en prenant garde à ne pas faire de bruit et poussa le volet de bois de la petite fenêtre creusée dans l'épais mur de pierre. L'air frais de la nuit lui souffla au visage un parfum de terre humide et d'herbe sauvage.

Au-delà des murailles du château, les champs et les prés déroulaient leurs carrés noirs et argentés dans la lumière de la lune. Puis venait la masse noire et irrégulière de la forêt.

— Les bois de la Pierre levée.

Bruna sursauta. Dans la lumière de la lune, le visage criblé de taches de rousseur de Lison semblait un disque blafard.

— Quoi ? bredouilla-t-elle.

— Les bois de la Pierre levée, répéta la jeune servante. C'est là que l'on a retrouvé le corps de Margot.

— Pourquoi s'appellent-ils comme cela ?

Lison se rapprocha et baissa encore la voix.

— Parce que dans une clairière proche de la lisière se trouve une grosse pierre. Les anciens disent que cette pierre a été érigée par des hommes il y a très longtemps, bien avant la naissance du Christ. Elle aurait le pouvoir de guérir les maladies les plus graves. Mais bien sûr, c'est une croyance païenne.

— Tu crois qu'il y a un rapport avec la mort de Margot ? demanda Bruna, surprise. Je connais ce genre de pierres, mais je ne savais pas qu'elles avaient des pouvoirs magiques !

Lison hocha la tête.

— Les rites doivent avoir lieu les nuits de pleine lune.

— Quels rites ?

Lison hésita.

— Je ne les connais pas. Mais ce que je sais, c'est que les filles ont été retrouvées mortes le lendemain de nuits de pleine lune. La punition de Dieu...

Bruna croisa les bras sur sa poitrine. Il faisait froid, tout à coup.

Tous les soirs avant de s'endormir dans le grenier à foin à côté de son frère, elle cherchait des yeux l'étoile du berger pour lui adresser une prière. Mais les nuages qui moutonnaient à présent au-dessus du château de Roquemaure avaient caché les étoiles et le hurlement d'un loup résonna, lugubre, dans l'obscurité.

Chapitre 4

L'HOMME AUX YEUX DE LOUP

— Bruna, avait dit Francette, je m'en vais au marché. Mais tu ne te tourneras pas les pouces en m'attendant. Il y a quatre oies à plumer pour le dîner.

Bruna avait remercié la cuisinière de ne pas lui avoir confié de tâche plus difficile. Elle avait mal dormi. Malgré elle, sans cesse ses pensées revenaient à l'étoile du berger cachée par les nuages et aux obscurs bois de la Pierre levée. Que ces histoires étaient sinistres ! Elle étouffa un bâillement et déposa les oies plumées sur la table. Francette n'était pas encore rentrée.

La jeune fille sortit dans la basse-cour. Au-dessus du poulailler une échelle conduisait à un fenil rempli de foin. Elle pensa à la bergerie et son cœur se serra. Peut-être pourrait-elle voir les montagnes de là-haut...

Le foin odorant craquait sous ses pas. Elle s'approcha d'une petite lucarne ouverte sous le toit.

L'horizon était barré par la masse verte de la forêt. À la lumière du jour, elle n'avait rien d'effrayant. Un cours d'eau scintillant ondulait à la lisière, sous le couvert des arbres. Ce devait être agréable de le suivre par une belle journée comme celle-ci.

Un sifflement arracha Bruna à sa rêverie. Elle baissa les yeux. Au pied des murailles, dans le pré qui s'étendait au-delà du fossé d'enceinte, un homme vêtu d'un long manteau à capuchon s'entraînait au tir à l'arc contre un tronc d'arbre. D'un geste sûr et rapide, l'archer envoya une nouvelle flèche qui alla se ficher en plein centre de la cible. Puis il se retourna et planta son regard dans celui de Bruna.

La jeune fille en eut le souffle coupé. Comment cet homme pouvait-il savoir qu'elle l'observait ? Elle baissa la tête et se recroquevilla sous la fenêtre. Elle avait l'impression que son regard glacé continuait à la dévisager à travers le mur. Mais un sifflement fendit l'air et les battements de son cœur se calmèrent. L'archer avait repris son entraînement. Il ne se préoccupait plus d'elle.

En bas, à l'autre bout de la cour, une porte claqua.

— Bruna ! appela Francette.

La jeune fille rejoignit la cuisine en courant.

Les jours passaient vite, rythmés par les tâches quotidiennes. Le matin, Francette partait chercher le pain frais au fournil pendant que Bruna cuisinait les farces et les sauces pour le déjeuner. Puis c'était la préparation du repas, le service et le nettoyage de la cuisine. Les deux femmes disposaient ensuite d'un peu de temps libre, que Bruna passait à rêver à la bergerie, réfugiée dans le fenil, jusqu'à ce que Francette l'appelle pour le souper.

Un matin, elle trouva la grosse cuisinière en train de gémir, affalée sur le banc de la cuisine. Ses chevilles étaient emmaillotées dans des linges humides.

— Que t'arrive-t-il, Francette ?

— Mes pauvres jambes ! Elles vieillissent, comme moi, elles ne me portent plus.

— Je peux te préparer une pommade.

— Non, j'ai déjà posé des cataplasmes de feuilles de lierre. Mais tu devras aller au marché à ma place.

Au marché ? Seule ? Bruna fixa la cuisinière, pétrifiée.

— Ah ! soupira Francette. Ne me regarde pas avec ces yeux, tu es bien assez dégourdie pour t'en sortir. D'abord, tu passeras chez le boulanger, pour qu'il nous apporte dix livres de pain, puis chez le poissonnier, où tu prendras dix beaux harengs, et enfin...

« Dix livres de pain, dix harengs, une livre de fèves », se répétait Bruna en franchissant le pont-levis, le grand couffin de Francette au bras. Le marché se tenait sur la place du bourg, devant l'église. Elle avait donc toute la rue centrale à remonter. Elle partit d'un pas ferme, le panier serré contre elle.

Sur la place régnait un joyeux brouhaha. Étourdie, Bruna se laissa emporter par la foule d'un étal à l'autre. Là, un pâtissier présentait des petits pâtés dorés et croustillants, ici un tripier vantait ses abats roses et dodus plantés sur des piques. Des poulets et des oies battaient des ailes dans leurs cages en bois et de belles dames s'exclamaient devant l'étal d'un marchand ambulant qui déroulait des soieries aux couleurs chatoyantes.

Bruna tenta de se frayer un chemin vers l'étal du poissonnier. Un coup de coude lui fit lâcher son panier.

— Oh, mon Dieu !

Mais déjà un jeune homme, brun et simplement vêtu d'une cotte et d'un bonnet de toile aux bords relevés, se précipitait pour le ramasser. Il le lui rendit dans un sourire gêné.

— Je suis désolé, demoiselle, bafouilla-t-il.

Elle le reconnut aussitôt :

— Florent !

— Bruna, la filleule d'Annette Martin ! s'écria le bedeau, un grand sourire illuminant ses traits.

— Francette a gardé la cuisine ce matin, expliqua Bruna. Ses jambes la font souffrir, elle m'a envoyée au marché à sa place.

— Je m'en allais moi-même faire une course pour le père Barberin. Laisse-moi porter ton panier, pour m'excuser de ma maladresse.

Bruna accepta avec enthousiasme. Quel bonheur de retrouver un visage connu dans cette foule ! Florent l'accompagna d'un étal à l'autre, lui présentant les marchands et leurs marchandises. Il avait perdu sa timidité et plaisantait de bon cœur.

— Viendras-tu à la partie de soule derrière les remparts dimanche après-midi ?

— Pourquoi pas ?

— Je serai un des joueurs, insista le jeune homme. Je serai heureux que tu viennes m'encourager.

Il s'interrompit dans un sursaut.

— Cela va être l'heure de sonner tierce ! Je dois y aller ou le père Barberin sera furieux contre moi. À dimanche, Bruna ! cria-t-il en s'éloignant.

— À dimanche, Florent !

La tête encore tout à cette agréable rencontre, Bruna prit le chemin du château.

Au bout de la place, des hommes s'affairaient à rassembler des tonneaux de vin tombés d'un chariot. La rue était bloquée. Une ombre de contrariété assombrit la joie de Bruna. Si elle tardait trop, Francette se mettrait en colère et le repas serait servi en retard. Elle avisa une petite rue qui partait de la place en direction des remparts. Peut-être était-il possible de contourner l'accident.

La rue était déserte. Elle s'y engagea d'un pas pressé. Les murs resserrés des maisons à encorbellements jetaient une ombre humide dans le passage où des chiens squelettiques erraient parmi les détritus. Comme elle longeait un porche noyé dans l'ombre, une odeur d'urine la saisit à la gorge.

— Hé ! la belle.

Bruna sursauta. Trois silhouettes venaient d'émerger d'un recoin obscur. C'étaient des mendiants. Ils étaient vêtus de hardes déchirées et leurs pieds étaient enveloppés dans des linges crasseux attachés par une ficelle. Le plus grand tendit la main.

— Fais voir ce que tu as dans ton panier, mignonne.

Son visage défiguré était encore enlaidi par un rictus mauvais. Bruna recula, le panier serré contre elle.

— Ce n'est pas pour moi.

Les trois mendiants éclatèrent de rire et Bruna se rendit compte que le troisième larron était en réalité une femme. Cette dernière n'avait plus qu'une dent et ses longs cheveux noirs lui tombaient dans les yeux.

— Vous entendez ça, vous autres, reprit le plus grand en lissant sa barbe sale. On sait bien que tu tiens là le déjeuner de notre bien-aimé sieur de Roquemaure. Lui, il mange tous les jours, et assez bien, ma foi, alors que nous...

Bruna aurait voulu s'enfuir en courant mais les mendiants lui barraient la route. Crier au secours ? Les fenêtres de ce côté de la rue étaient toutes fermées. Tout le monde était au marché. La place était trop loin. Personne ne l'entendrait.

Le grand barbu s'avança pour saisir le panier mais Bruna fit un bond de côté.

— Pas commode, la biquette, ricana-t-il. Mais je m'en vais te la dresser...

— Oui, qu'on en finisse, Hugon ! cracha la femme.

— Du calme, la Mathurine, grogna le mendiant. C'est comme si c'était fait.

L'éclair d'une lame avait jailli dans sa main. Bruna recula dans un mouvement de frayeur.

— Alors, mignonne, jeta-t-il avec un sourire horrible, tu nous le donnes, maintenant, ton panier ? Ce pauvre vieux Hugon aurait bien de la peine d'abîmer un aussi joli visage que le tien...

Déjà Bruna sentait l'haleine fétide du troisième larron derrière elle. Et la lame se rapprochait implacablement. Il fallait parler. Dire quelque chose, n'importe quoi.

— Attendez ! implora-t-elle.

Mais le mendiant avait suspendu son geste. La lame disparut de sa main aussi rapidement qu'elle y était apparue.

— T'as de la chance, petite garce, souffla-t-il avant de reculer dans l'ombre du porche avec ses deux compagnons.

Bruna se retourna. Un homme marchait à sa rencontre depuis l'entrée de la ruelle. Elle le reconnut aussitôt. L'archer portait de grandes bottes en cuir. Les pans ouverts de son manteau laissaient voir les fourreaux de plusieurs poignards accrochés à sa ceinture.

Bruna dut faire un effort pour le regarder en face. L'archer ne devait pas être âgé de plus de vingt ans, mais son visage aux traits durs était marqué par une profonde cicatrice sur la joue droite. Il avait des yeux d'un bleu glacial, des cheveux et des sourcils d'un blond presque blanc. Arrivé près d'elle, il s'assura que les mendiants étaient partis et dit à voix basse :

— Cette rue ne mène pas au château. Venez.

Bruna obéit sans un mot. Les pensées se bousculaient dans sa tête. Elle n'avait pas remarqué sa présence au marché. Passait-il devant la ruelle par hasard ? Ou l'avait-il suivie sans qu'elle s'en aperçût ? Mais pourquoi ?

Accompagnée de son étrange sauveur, Bruna regagna la place du marché. Toujours en silence, le jeune archer l'escorta dans la grande rue dégagée jusqu'au pont-levis.

— À partir d'ici, vous connaissez le chemin, dit-il simplement.

C'était le moment de le remercier. Bruna bredouilla :

— Si vous n'étiez pas intervenu, messire, je serais...

Il hocha imperceptiblement la tête. Il lui sembla que son regard s'était adouci.

— Qui êtes-vous ? osa-t-elle.

— Oskar, répondit-il. Un homme d'armes de Roquemaure. Soyez prudente, la prochaine fois, Bruna.

Abasourdie, Bruna le regarda s'incliner et faire demi-tour, drapé dans sa cape. Il l'avait appelée par son prénom. Comment le connaissait-il alors qu'elle ignorait le sien ? Encore tremblante, elle franchit précipitamment le pont-levis.

Francette l'attendait dans la cour, appuyée sur une canne :

— Te voilà enfin ! Je me suis fait un sang d'encre ! Et il y avait de quoi, d'après ce que je viens de voir : comment t'es-tu retrouvée à converser avec le Germain ?

— Le Germain ?

— Eh oui ! Oskar le Germain, un des mercenaires du sieur Bernard, répondit la cuisinière avec impatience. Il a bien dû te dire son nom ! Alors ? Que faisais-tu avec lui ?

Bruna hésita. Les provisions étaient intactes dans le panier, à quoi bon se lancer dans une explication interminable ? D'autant plus que Francette risquait de ne plus lui faire confiance après cela...

— Je me suis perdue sur le chemin du retour. Il m'a guidée jusqu'au château.

— Voilà ! rugit Francette dans un cri de triomphe. C'est bien ce que je pensais. Il joue les chevaliers au grand cœur, alors que ce n'est qu'un coupeur de gorges ! Tu ferais bien de t'arranger pour ne plus avoir affaire à lui à l'avenir. Ce n'est qu'un loup prêt à mordre...

Bruna hocha la tête. Le souvenir du regard glacial du mercenaire la fit frissonner.

— C'est pourtant un homme du sieur Bernard...

— Hélas ! je ne sais ce qu'il a pris à notre bon seigneur de l'engager. Crois-moi, ma fille : les mercenaires, on ne peut s'y fier. Ils n'ont ni foi ni loi.

Et Francette s'engouffra dans la cuisine sur un signe de croix.

Chapitre 5

La partie de soule

— Dépêche-toi, Lison ! Nous allons manquer le début de la partie de soule !

Lison noua pour la centième fois les rubans de son bonnet sur son cou avec un gémissement.

— Mais je ne suis pas prête ! C'est facile pour toi de me presser, ajouta-t-elle avec une pointe d'amertume, tu n'as pas besoin d'atours pour être jolie...

Bruna haussa les épaules.

— Tu arrangeras ta coiffure en chemin.

Un groupe de femmes discutait avec animation dans la basse-cour. Annette se retourna à leur approche.

— Bruna, te voilà enfin ! s'écria-t-elle en l'embrassant. Te fais-tu à la vie de Roquemaure ?

— Justement, commença Bruna, je voulais te dire...

Mais Francette s'avançait, poussant devant elle une fille d'une douzaine d'années au visage auréolé de boucles brunes :

— Ma nièce, Adeline. Elle est brodeuse chez maître Josselin, le tailleur.

— Tu es Bruna d'Aloïs ? demanda la jeune fille à Bruna. Ma tante m'a beaucoup parlé de toi. Tu connais des recettes pour trouver l'amour ?

Bruna sourit.

— Mon grand-père ne m'a appris que les remèdes qui soignent le corps et les maladies.

— Seulement les maladies ? répéta la jeune fille, visiblement déçue.

— Alors tu pourras faire quelque chose pour moi, intervint une femme au visage pâle et creusé, habillée de bleu sombre. J'ai essayé bien des potions et des sirops, mais rien n'a pu me guérir. La peine est la plus forte.

— Jeanne est ma cousine, expliqua Lison. Elle souffre d'une profonde mélancolie depuis la mort de son mari, il y a deux ans.

— Je lui préparerai une infusion de fleurs de millepertuis, proposa distraitement Bruna.

Elle rejoignit sa marraine, qui bavardait avec Francette.

— Eh bien, Bruna, s'écria Annette, as-tu rencontré des prétendants ? Est-ce ce que tu voulais me dire tout à l'heure ?

— Non, répondit Bruna, qui rougit en pensant à Florent. J'ai appris la raison pour laquelle une place de cuisinière s'était libérée au château.

Grand-Père ne m'aurait pas laissée partir s'il avait su cela...

Annette la fixa un instant, la bouche ouverte, cherchant manifestement quoi répondre. Bruna avait vu juste. Annette la rusée avait compris que faire venir sa filleule à Roquemaure aurait été impensable si le vieil Aloïs avait connu les circonstances de la mort de Margot. Or, elle avait présenté l'affaire comme conclue au sieur Bernard. Elle ne pouvait échouer...

— Que vas-tu imaginer là ? rétorqua enfin la jeune femme, qui leva les yeux au ciel. Cette idiote de Margot s'est aventurée dans les bois en pleine nuit au mépris du danger. Cela n'a rien à voir avec la condition de cuisinière ! Allons ! viens, la partie de soule ne va pas tarder à commencer !

Bruna retint un sourire. Annette s'arrangeait toujours pour obtenir ce qu'elle voulait. Mais au fond, elle avait raison et le vieil Aloïs lui-même en aurait convenu : la vie à Roquemaure ne présentait des risques que pour ceux qui se rendaient dans les bois. Et Bruna était décidée à ne jamais y mettre les pieds.

Les conversations allaient bon train sur le chemin des lices. Tout le monde pariait sur l'issue de la partie de soule.

— Je suis sûre que l'équipe de Florent gagnera ! affirma Lison en tremblant d'émotion. D'ailleurs, je lui ai donné une boucle de mes cheveux pour lui porter chance.

— Moi aussi, dit Adeline en rougissant.

— Elle peut toujours espérer ! souffla Lison, rageuse, à l'oreille de Bruna. Florent ne s'intéresse pas aux gamines !

Tout en discutant, elles avaient rejoint le grand pré, sous les murailles du château. Deux groupes de dix jeunes hommes s'y faisaient face, munis de longues battes en bois. Une balle de cuir était posée dans l'herbe entre les deux équipes. Florent, vêtu d'une cotte de toile bleue et coiffé d'un chapeau assorti, se tenait à la tête de l'une d'elles.

— Qu'il est beau ! soupira Lison, rêveuse. Si seulement il m'invitait à danser au bal de la Saint-Jean ! Toi bien sûr, tu n'auras pas de mal à trouver un cavalier.

— Je l'espère, dit Bruna, pleine d'espoir.

Elle se souvenait de la sollicitude de Florent au marché et le rouge lui monta aux joues. Le jeune homme plairait certainement à Grand-Père. Il était beau, bien élevé et instruit. Et quel travail pouvait être plus respectable que celui de serviteur de Dieu ? Mais Florent était convoité par tant d'autres jeunes filles, à commencer par Adeline et Lison...

L'arbitre lança la balle en l'air et la partie débuta sous les cris et les applaudissements. Se relayant et jouant des coudes pour se frayer un chemin parmi leurs adversaires, les joueurs tentaient de pousser la balle jusqu'au camp ennemi. Les deux équipes se neutralisaient depuis quelques instants dans une mêlée confuse, quand Florent surgit, subtilisa la balle de cuir, envoya deux adversaires rouler dans l'herbe et, d'un coup de batte, plaça la balle dans le cercle adverse. Des hourras saluèrent l'exploit.

— Qu'est-ce que j'avais dit ! triompha Lison. Il est tellement fort !

Mais Bruna ne l'écoutait pas. Oskar le Germain se tenait de l'autre côté du pré, les yeux fixés sur elle. Elle voulut reculer mais un souffle fétide lui souleva le cœur.

— Méfie-toi du loup, mignonne, lui glissa le grand Hugon dans un ricanement. Il aime la chair fraîche des jeunes filles !

Et il s'éloigna en tendant sa main sale :

— La charité, belles dames ! La charité pour un pauvre hère !

Chapitre 6

La Pierre levée

— Eh bien ! Qu'est-ce que tu as à rêvasser comme ça ? s'énerva Francette. Mets donc la soupe à chauffer ou messire Bernard va râler si le dîner n'est pas prêt à l'heure !

Bruna s'exécuta sans un mot. Elle avait mal dormi. La liesse qui avait suivi la victoire de l'équipe de Florent ne lui avait pas fait oublier sa frayeur. Dans ses rêves, Oskar le Germain se transformait brusquement en loup et fondait sur elle. Elle se réveillait en sursaut, couverte d'une sueur glacée. La mesquine vengeance de Hugon avait atteint son but.

Elle remuait l'épaisse soupe de pois et de lard quand on gratta à la porte.

— Ça ne ressemble pas à un vaurien du château, bougonna Francette, mi-agacée, mi-rassurée. Entrez donc !

Une tête brune se glissa dans l'entrebâillement :

— Bonsoir, Francette ! Bruna est-elle avec toi ?

— Tiens donc ! s'exclama la cuisinière en riant. Bruna, tu as de la visite...

Florent entra, un panier au bras. La jeune fille faillit laisser tomber sa cuiller dans la soupe.

— Florent !

Le bedeau eut un grand sourire.

— Je t'ai apporté des abricots, annonça-t-il en déposant le panier rempli à ras bord des fruits veloutés sur la table. Les premiers de la saison !

— Oh ! Merci, Florent, souffla Bruna, sentant le rouge envahir ses joues.

— Ce n'est rien.

Il eut un coup d'œil gêné pour Francette qui coupait de larges tranches de pain.

— Hé ! cria la grosse cuisinière, si vous avez des choses à vous dire, vous pouvez parler tant que vous voulez ! Mais par pitié, Bruna, ne laisse pas brûler la soupe.

Un peu gauche, Florent se rapprocha de Bruna.

— Voudrais-tu me rejoindre au verger du presbytère cet après-midi ? Il y a beaucoup de fruits à cueillir.

Cette fois-ci, la cuiller glissa vraiment des mains de Bruna. Au regard courroucé de Francette, elle la rattrapa de justesse avant qu'elle ne disparût dans le breuvage. Le cœur battant, elle répéta :

— Au verger ?

Elle n'en revenait pas. Elle, invitée par Florent, le garçon que toutes les filles de Roquemaure se disputaient !

— Lison va avoir de la peine, murmura-t-elle.

— Lison ? Mais c'est toi que je veux inviter, pas Lison, s'énerva Florent. Elle est bien gentille, mais elle m'agace, à être toujours après moi !

Bruna réprima un sourire amusé.

— J'aurai un moment de libre après le dîner du maître.

Les yeux du jeune homme pétillèrent. Il se retourna. Francette leur tournait le dos, occupée à jeter les restes de pain aux chiens.

Rapide comme l'éclair, il saisit la main libre de Bruna et y déposa un baiser.

— À tout à l'heure, donc !

Et il partit en courant.

L'heure de none sonnait au clocher de Roquemaure tandis que Bruna se hâtait sur le chemin du presbytère. Après avoir rangé la cuisine, elle avait ôté son tablier et coiffé un bonnet propre et elle était partie en courant rejoindre Florent.

Le verger du père Barberin se dressait à côté de l'église. On y accédait par une porte percée dans un épais mur de pierre recouvert par le lierre. Bruna s'avança sous le couvert des arbres en retenant son souffle. L'animation du bourg semblait étouffée par les feuillages des arbres qui déployaient leurs larges branches chargées de fruits. Une main s'agitait entre les feuilles d'un cerisier :

— Bruna, je suis là !

Florent descendit vivement de l'échelle appuyée au tronc. Le sourire aux lèvres, il lui tendit un panier.

— Goûte ces cerises. Elles sont sucrées et juteuses. Je les ai cueillies pour toi.

Il lui prit la main.

— Je suis tellement heureux de te voir.

Bruna sentit ses joues s'enflammer.

— Me feras-tu visiter ton domaine ?

— Ce sera un plaisir pour moi, belle demoiselle.

Ils firent lentement le tour du verger, s'arrêtant à chaque arbre pour cueillir et goûter les fruits. Le père Barberin avait planté des cerisiers et des abricotiers pour la belle saison, des figuiers et des noyers pour l'automne. Les rameux d'un pied de vigne recouvraient une treille de bois au fond de l'enclos.

Des rosiers sauvages grimpaient à l'assaut des hauts murs qui fermaient le verger. Florent cueillit une fleur rose, en ôta soigneusement les épines et l'offrit à Bruna.

— À la plus jolie des demoiselles de Roquemaure.

— Oh ! Florent...

Elle ne savait pas quoi dire. Savait-il ce qu'il faisait en lui offrant cette fleur ? Une rose rose... Le symbole d'un amour tendre !

Elle accrocha la rose aux lacets de sa tunique et sourit à Florent.

— Que dirais-tu d'aller nous promener ? proposa-t-il. Nous pourrions prendre la marande dans les prés. Il fait un temps splendide !

Bruna hésita. Elle ne devait pas être de retour au château avant vêpres. Mais déjà Florent courait vers le presbytère et en ramenait un pichet de vin et une miche de pain. Elle sourit :

— C'est d'accord.

Quelques instants plus tard, ils suivaient la rive du ruisseau qui serpentait entre les pâtures. Florent parlait de sa vie au presbytère. Le père Barberin l'avait élevé comme son fils. S'il se mariait, il lui donnerait une partie de ses terres pour construire une maison où loger avec sa femme. Il voulait le garder à son service et ne le laisserait pas sans biens à sa mort.

Bruna écoutait, fascinée. L'invitation de Florent au verger, la rose, ses compliments et maintenant ses confidences... Elle ne pouvait plus douter. Elle, Bruna, la petite bergère de Peyrefitte, avait séduit le plus beau jeune homme de Roquemaure ! Et pourtant, il faudrait compter avec le père Barberin. Permettrait-il à Florent de l'épouser ? Elle se souvenait des yeux perçants qui l'avaient transpercée le jour de son arrivée à Roquemaure. Tout cela parce que deux jeunes filles superstitieuses étaient mortes dévorées par les loups en s'adonnant à quelque rituel magique dans les bois...

Bruna s'arrêta net.

Un fouillis de troncs et de feuillages avait surgi devant elle. La forêt de la Pierre levée s'étendait d'un bout à l'autre du pré comme un mur.

Florent se retourna, étonné.

— Que t'arrive-t-il, Bruna ?

— N'allons pas dans cette forêt. Cela peut être dangereux.

— À cause de ces histoires que tu as entendues ?

Florent secoua la tête.

— Je peux t'assurer que les bois sont sûrs le jour. Je connais un endroit très beau, tout près de la lisière, où nous ne serons pas dérangés.

Il lui avait pris la main.

— Allons, Bruna, n'aie pas peur.

Il souriait. Bruna se sentit ridicule. Après tout, que savait-elle de cette forêt ? Uniquement ce que les gens du château avaient bien voulu lui en dire. Les bois étaient certainement bien plus dangereux la nuit.

Florent tenait fermement sa main. Ses doigts étaient chauds et doux. Elle le suivit.

Ils entrèrent dans la forêt en suivant le ruisseau. Le soleil jouait entre les feuillages et déposait au sol un puzzle de lumière. Les cris des oiseaux résonnaient sous les frondaisons des arbres. De temps en temps Bruna levait les yeux, guettant une trouée de ciel entre les hautes cimes. Soudain, le rideau d'arbres s'ouvrit sur une clairière verdoyante. Serpentant dans l'herbe grasse, le ruisseau terminait sa course en se jetant dans un petit étang.

Bruna retint son souffle. Une pierre couverte de mousse se dressait au bord de l'eau, telle une immense stèle. Un trou de la grosseur d'un poing était percé en son centre. Bruna la contempla, immobile. Alors, c'était elle, la Pierre levée. Cette pierre élevée par des hommes en des temps si reculés que plus personne n'en avait souvenir.

— Les rumeurs les plus folles courent sur ce rocher, expliqua Florent. Par les nuits de pleine lune, l'infirme qui passe son membre malade dans son trou guérit et la femme qui s'y assoit en formulant le vœu d'avoir un enfant se retrouve enceinte le lendemain.

Il rit.

— Si seulement les maux des hommes pouvaient être soignés ainsi !

— Je ne savais pas que ces pierres avaient ce genre de pouvoirs, répondit Bruna.

— Mais tu les connais ?

— Oui. Il y en a une devant la bergerie de mon grand-père, à Peyrefitte. Il m'a toujours raconté que des hommes l'y avaient dressée dans des temps très reculés pour rendre hommage au soleil.

— C'est une explication beaucoup plus sage, acquiesça Florent. Je suis bien plus enclin à croire cela que ces stupides histoires de sorcellerie.

Il s'était assis au bord de l'étang et avait sorti le pain et le vin du panier.

— Mais que nous importent ces histoires ? Profitons de cette belle après-midi. Prendras-tu un bol de vin ?

Bruna le rejoignit. Elle prit le bol de terre cuite et but le vin épicé à petites gorgées, sans cesser de regarder autour d'elle. L'ombre de la Pierre recouvrait presque entièrement la surface immobile de l'étang. Sur les berges, les ajoncs semblaient figés.

— Eh bien, Bruna ? Ce vin n'est-il pas bon ?

— Oh, si, répondit la jeune fille en s'efforçant de sourire.

Une vague inquiétude l'oppressait. Elle n'était pas à son aise, au bord de ces eaux silencieuses, face à cette pierre massive, et la présence de Florent n'y pouvait rien. C'était peut-être les histoires qu'on lui avait racontées. Ou peut-être pas. Elle avait l'impression qu'un danger planait sur ce lieu. Il régnait un calme étrange dans cette clairière. Ils s'étaient assis et aucun oiseau n'avait recommencé à chanter.

— N'est-on pas bien, ensemble ? souffla Florent.

Il s'était rapproché d'elle et lui avait pris la main. Ses yeux étaient tout proches. De grands yeux sombres et tendus. Il va m'embrasser, songea Bruna. Mais elle secoua la tête. Était-ce le vin ? Elle se sentait soudain tout engourdie et dut faire un effort pour se redresser.

— Florent, il faut que je rentre au château.

— Rentrer ? Déjà ! s'écria le jeune homme.

Elle le regarda. La déception se lisait sur son visage. S'il s'apprêtait à lui déclarer son amour, il ne le ferait plus aujourd'hui. Mais elle ne pouvait rester dans cette clairière plus longtemps. À regrets, Florent rangea le pain et le vin et ils reprirent le chemin de Roquemaure.

Les portes du bourg franchies, Bruna se tourna vers Florent.

— C'était une belle promenade.

— J'aurais aimé qu'elle dure plus longtemps, dit le jeune homme d'un ton faussement boudeur.

Ils n'avaient pas échangé un mot sur le chemin du retour et elle craignait qu'il ne lui en veuille de partir aussi précipitamment.

— Nous nous reverrons très bientôt, osa timidement Bruna.

— Après-demain, à la fête de la Saint-Jean, dit Florent en serrant la main de Bruna entre les siennes. À très bientôt, belle demoiselle !

Sûre qu'il la suivait des yeux, la jeune fille s'éloigna d'un pas mesuré. Mais dès qu'elle eut tourné l'angle de la place Saint-Sauveur, elle se mit à courir. Francette ne la gronderait pas car elle n'était pas en retard, mais elle n'avait jamais eu aussi hâte de retrouver les cuisines du château et la compagnie de l'imposante cuisinière.

Comme toujours, un garde surveillait les allées et venues sur le chemin de ronde qui surplombait le pont-levis. Bruna leva la tête pour le saluer et se figea. Oskar le Germain avait les yeux fixés sur elle. Elle détourna le regard et s'engouffra dans le passage, glacée jusqu'aux os.

Chapitre 7

La femme au bord du ruisseau

Au souper, Lison s'assit à côté de Bruna.

— Es-tu toujours d'accord pour préparer un remède pour Jeanne ?

— Jeanne ? répéta Bruna sans comprendre. Comment va-t-elle ?

— Pas mieux, répondit Lison, agacée. C'est pour cela que tu lui avais parlé d'un de tes remèdes. Tu n'as pas oublié ?

— Non, bien sûr, mentit Bruna.

Le visage pâle de la cousine de Lison et sa douleur inconsolable venaient tout juste de lui revenir en mémoire. Elle ne se rappelait plus lui avoir offert son aide. Lison, elle, avait bien retenu sa proposition :

— Une infusion de plantes...

— Oui, d'herbes de la Saint-Jean. Ses fleurs réjouissent le corps et l'esprit.

— D'herbes de la Saint-Jean, répéta Lison en fronçant les sourcils. Qu'est-ce que c'est ?

— L'autre nom du millepertuis. On le surnomme ainsi car il fleurit à la Saint-Jean, expliqua Bruna. Il pousse au soleil, en lisière de forêt...

Lison la dévisagea, effrayée.

— En lisière de forêt ? Mais tu es folle ! Aller aux bois de la Pierre levée ! C'est trop dangereux !

— Je t'accompagnerai, proposa Bruna. Demain, après le dîner. Il fera grand jour. À deux, nous aurons plus vite fait, et nous n'entrerons pas dans la forêt.

Un frisson désagréable la parcourut quand elle repensa à la clairière de la Pierre levée et à l'ombre de la roche sur l'eau immobile de l'étang. Mais Lison semblait rassurée :

— C'est d'accord. Nous dirons à Francette que nous allons faner pour trouver de quoi nous confectionner des chapeaux, comme cela, elle ne nous posera pas de questions...

À l'heure de none, Bruna et Lison se hâtaient sur le chemin des champs. La période des foins battait son plein. Dans les prés, les femmes avaient coiffé des chapeaux de paille sur leur voile pour se protéger du soleil brûlant. Elles retournaient l'herbe coupée à grands coups de fourche pour la faire sécher, mêlant à l'air chaud une poussière âcre qui irritait la gorge.

Le scintillement du ruisseau qui courait à travers prés apportait un peu de fraîcheur. À l'approche du bois, Lison ralentit l'allure, regardant à droite et à gauche :

— Tu es sûre qu'on ne trouvera pas d'herbe de la Saint-Jean dans ces prés ?

— Tu vois bien qu'ils viennent d'être fauchés, répondit Bruna. On va se séparer. Toi, tu explores la lisière à gauche du grand chêne, et moi je prends à droite.

— On ne se perd pas de vue ! précisa Lison. Et on appelle si on pressent un danger...

Bruna la regarda s'éloigner d'un pas hésitant. Elle avait envie de sourire malgré elle. En plein jour, à la lisière du bois, rien ne pouvait leur arriver.

Elle partit sans attendre de son côté, fouillant du regard la végétation en quête des petites fleurs jaunes du millepertuis. Elle en trouva bientôt au pied d'un grand châtaignier. Délicatement, elle coupa les fleurs avec son petit couteau et les rangea dans sa bourse. Des oiseaux s'envolèrent bruyamment dans les feuillages au-dessus d'elle. Un peu inquiète, Bruna appela :

— Lison, c'est toi ?

Seuls les cris d'alerte des volatiles réfugiés dans un mûrier lui répondirent. Elle jeta un coup d'œil sur la lisière, dans le pré. La silhouette de son amie avait disparu.

— Lison, si tu cherches à me faire peur, c'est raté, reprit Bruna d'une voix qui tremblait un peu.

Elle recula dans le pré. C'est alors que dans le fouillis inextricable du sous-bois, une tache blanche attira son attention. Un voile. Il y avait quelqu'un de l'autre côté de la haie. Bruna ouvrit la bouche pour appeler Lison et se mordit les lèvres. La jeune servante avait quitté le château coiffée d'un chapeau de paille. Si ce n'était pas Lison, alors qui se tenait là, à quelques pas d'elle, à moitié cachée dans les fourrés ?

Bruna resta immobile un long moment, paralysée par la peur. Elle avait envie de faire demi-tour et de regagner le château en courant, sans chercher à savoir. Mais elle avait perdu Lison. Elle ne pouvait pas rentrer sans elle !

Retenant son souffle, la jeune fille s'approcha de la haie, et, avec d'infinies précautions, en écarta les feuillages. Contrastant avec la lumière vive qui éclaboussait et desséchait les prés, le sous-bois était sombre et humide. Un cours d'eau gargouillait entre les fougères et les rochers couverts de mousse. Accroupie sur sa rive, tournant le dos à Bruna, une femme buvait goulûment de l'eau puisée dans ses mains en coupe. Elle se tourna pour attacher à sa ceinture une gourde en vessie de porc et Bruna retint un cri de surprise. Annette ! Ce qu'elle avait pris pour une créature démoniaque, n'était autre que sa marraine ! Sans prendre garde aux ronces qui accrochaient sa robe, Bruna franchit la haie à sa rencontre.

— Annette !

La jeune femme sursauta si fort qu'elle faillit basculer dans le ruisseau.

— B... Bruna ! Tu m'as fait peur ! Est-ce que ce sont des manières de se présenter aux gens ?

— Je suis désolée, Annette, répliqua Bruna en riant, mais j'étais tout aussi surprise de te voir là. Est-ce que l'eau est fraîche ?

Annette la fixa un instant et ses joues s'empourprèrent.

— N'étais-tu pas en train de m'espionner, par hasard ? s'écria-t-elle. D'ailleurs, que fais-tu ici ? Ne sais-tu pas que c'est inconvenant pour une jeune fille de se promener seule, surtout en forêt ?

— Mais, bégaya Bruna, interloquée. Je ne t'espionnais pas ! Je suis venue ici avec Lison chercher des plantes pour soigner...

— C'est cela ! coupa Annette, furieuse. Tu as de drôles de manières de chercher des plantes ! Est-ce là l'éducation donnée par le bon père Aloïs ?

Et sans laisser à Bruna le temps de répondre, elle franchit la haie et s'éloigna en courant à travers champs. Perplexe, Bruna se tourna vers le ruisseau. L'eau courait en chantonnant sur les pierres. Elle s'approcha et glissa une main dans le courant.

L'eau glacée rafraîchit délicieusement ses doigts échauffés.

— Tu as un mal à soigner ?

Bruna leva la tête. Lison se tenait devant elle, des fleurs de millepertuis dans les mains.

— Non, pourquoi ?

— Le ruisseau coule de ce côté après avoir traversé l'étang de la Pierre levée, expliqua la jeune servante à voix basse. Il paraît que, ce faisant, son eau prend les pouvoirs de la Pierre.

— Les pouvoirs, murmura Bruna, saisie d'une idée subite. Comme celui de guérir les blessures, les infirmités... et la stérilité ?

— Oui, tous les pouvoirs de la Pierre.

Bruna hésita. Comment justifier son insistance sans révéler à son amie ce qu'elle avait vu ? Cela faisait près de huit ans qu'Annette et Robert étaient mariés et ils n'avaient toujours pas d'enfant. Le gros Robert s'en agaçait probablement. La stérilité de sa femme était une raison suffisante pour obtenir le divorce s'il le voulait...

— On devrait ramener un peu de cette eau pour soigner Jeanne, proposa Bruna.

— Non, surtout pas ! cria Lison. On serait excommuniées, si ça se savait...

— D'accord, n'en parlons plus. Où étais-tu passée ? Je t'ai appelée...

— C'est toi qui as disparu, rétorqua Lison. Je t'ai cherchée partout !

Tandis qu'elles reprenaient le chemin de Roquemaure en se disputant, Bruna regarda autour d'elle. Dans les prés comme sur le chemin, il n'y avait plus trace d'Annette.

Chapitre 8

La colère d'Annette

Un par un, Bruna étala les pétales de millepertuis au soleil, devant la maison de Jeanne, une pauvre masure aux murs lézardés.

— Laisse-les sécher au soleil. Demain, tu pourras les passer en infusion. Bois-en deux bols par jour, jusqu'à ce que tu te sentes mieux. Ne te décourage pas : l'herbe de la Saint-Jean agit lentement.

— Merci, Bruna, dit Jeanne avec un faible sourire en quittant le banc où elle cousait un bonnet. As-tu besoin d'un chapeau ? Je te le ferai avec plaisir.

— Sois tranquille, Jeanne, je suis heureuse de t'aider.

Elle évita de regarder la pièce mal éclairée sentant l'aigre et la vieille suie. Jeanne survivait tant bien que mal à la mort de son mari en confectionnant des coiffes et en reprisant du linge. Les visites de sa cousine étaient sa seule distraction et la venue de Bruna et de Lison en cette fin d'après-midi lui avait mis les larmes aux yeux.

— Ne voulez-vous pas boire un bol de lait ? insista la pauvre femme.

Bruna hésita. Sa gorge était douloureusement sèche.

— Non, je dois partir, répondit-elle finalement. J'aimerais passer voir ma marraine, rue des Degrés, avant de rentrer au château.

— Va, dit Lison. Je reste encore un peu avec Jeanne et je te rejoins.

Bruna retrouva avec soulagement la rue blanche de soleil. Maintenant, elle pouvait imaginer ce qui attendait Annette, si Robert la rejetait. Une existence de misère, à vivoter comme Jeanne, sans espoir de trouver un nouveau mari... À quelques pas de là, un entrelacs de ruelles tortueuses conduisait au passage des Degrés, une volée de trente marches taillées à même la roche noire du coteau, qui zigzaguait entre d'étroites maisons à encorbellements.

Elle repéra la boutique à son enseigne de fer forgé représentant Lazare, saint patron des boulangers, près d'un épi de blé. Derrière le volet de bois qui lui servait de comptoir, Annette était occupée à servir des tranches de pâté de viande à deux ménagères bavardes. Son sourire s'évanouit à la vue de Bruna.

— Tiens, que fais-tu là ? Tu veux acheter une pâtisserie ?

Les deux femmes parties, Bruna s'approcha résolument.

— Je suis venue m'expliquer. Ce n'était pas du tout ce que tu croyais, tout à l'heure. J'avais perdu Lison. Je me demandais si c'était elle au bord du ruisseau, quand je t'ai reconnue.

Annette haussa les épaules en continuant à découper des tranches de pâté à la croûte dorée. Bruna regarda rapidement autour d'elle. Au fond de la boutique, Robert, le dos tourné, s'activait devant son four. Il n'y avait pas un acheteur en vue. Elle prit une grande inspiration.

— Je ne dirai rien à personne pour l'eau du ruisseau, rassure-toi.

Annette suspendit son geste pour rouler des yeux menaçants.

— Tu as intérêt, gronda-t-elle. D'ailleurs, tu ne m'as pas vue du tout. Ni au bord du ruisseau, ni dans le bois, ni nulle part, tu as compris ?

— J'ai compris, acquiesça Bruna. Je t'ai déjà promis que je ne dirai rien, tu n'as pas besoin de te mettre en colère.

— Pars, maintenant, coupa Annette en brandissant son couteau.

— Je pars, dit Bruna en reculant, soudain inquiète.

Les yeux fixes, la bouche crispée dans un rictus de fureur, Annette semblait bien prête à frapper !

Faisant demi-tour, la jeune fille se heurta à un manteau de bure.

— Mais qu'est-ce que... ? rugit une grosse voix.

Le manteau était surmonté d'une tête, et dans un visage mangé par une barbe touffue, les yeux du père Barberin la dévisageaient durement.

— Excusez-moi, mon père, murmura Bruna en se faufilant dehors sous le regard implacable du prêtre.

Déjà, dans son dos, Annette se précipitait, souriante et légère, comme à son habitude :

— Bien le bonjour, mon père. Comment allez-vous ? Vous prendrez quelques tranches de pâté de viande ? Il est frais du jour...

Bruna partit au hasard dans la rue, encore tremblante. Depuis combien de temps le père Barberin attendait-il devant la boutique ? Avait-il surpris leur conversation ? Ou venait-il tout juste d'arriver ?

— Hé, Bruna ! Attends-moi !

C'était Lison qui courait à sa rencontre, jetant autour d'elle des regards furtifs, à la manière d'une bête traquée.

— Où étais-tu passée ? demanda Bruna. Je ne t'ai vue nulle part.

— Je m'étais cachée sous un porche. Le père Barberin est entré chez ta marraine ! Je ne voulais pas qu'il me voie. Il m'aurait interrogé sur mon après-midi et j'avais peur de ne pas pouvoir taire notre promenade dans la forêt...

— Idiote ! En te cachant, tu te rends suspecte.

— Tu peux dire cela, toi ! se rebiffa Lison. Tu as vu ta tête ? On dirait que tu as croisé le diable. Tu crois que le père Barberin ne l'a pas lu sur ton visage ?

— Il ne m'a rien dit. C'est le soleil qui me fait mal aux yeux.

Ce n'était pas complètement faux. Bruna porta la main à son front et surprit un regard fixé sur elle. De l'autre côté de la rue, assis à l'entrée d'une taverne, Oskar le Germain la regardait, impassible. Elle tira Lison par le bras :

— Tu as raison. Ne traînons pas ici plus longtemps.

Chapitre 9

LES OMBRES DE LA SAINT-JEAN

Le lendemain soir, les étoiles s'allumaient une à une dans le ciel quand Bruna quitta les cuisines. Lison attendait seule dans la cour du château.

— Francette et Adeline sont parties devant, expliqua-t-elle. Il ne reste plus que nous...

— Jeanne ne nous accompagne pas ? s'étonna Bruna.

— Hélas, elle n'a pas encore le cœur à danser, soupira Lison.

De grands feux brûlaient place Saint-Sauveur. Des musiciens essayaient leurs flûtes et leurs violes sur un rythme enjoué et l'odeur sucrée des beignets et des crêpes qui doraient dans les poêles des pâtissiers donnaient faim. Bruna et Lison se frayèrent un chemin dans la foule, à la recherche de visages connus.

— As-tu vu ma marraine et son époux ? demanda Bruna à son amie. J'irais bien les saluer et leur acheter quelques pâtisseries...

— Nulle part, répondit Lison. Mais j'aperçois Florent. Mon Dieu, gémit-elle, j'aimerais tant qu'il m'invite à danser !

Bruna sentit son cœur s'emballer. Florent était vêtu d'une cotte et de chausses bleues qui soulignaient sa silhouette svelte. Il discutait avec un jeune homme et il ne l'avait pas encore vue. D'un geste rapide, elle arrangea sa couronne de marguerites blanches et lissa les plis de sa robe. C'était pour Florent qu'elle s'était faite belle ce soir-là. S'il lui avait offert une rose rose en connaissant la signification de cette couleur, alors il comprendrait le message des marguerites : elle avait besoin de temps.

— Bruna !

Florent approchait, un grand sourire sur les lèvres. Il fit une profonde révérence et lui prit la main.

— Belle demoiselle, m'accorderez-vous une danse ?

La jeune fille se sentit rougir jusqu'à la racine des cheveux.

— Volontiers, gentil damoiseau.

— Amusez-vous bien, dit Lison avec une pointe de regret, en s'éloignant au bras d'un garçon de ferme.

Un instant plus tard, Florent et Bruna tournoyaient autour des feux. Quand leurs visages se rapprochaient leurs yeux se croisaient et ils se souriaient. Elle était pourtant sûre que Florent n'oserait rien lui dire tant qu'ils ne seraient pas seuls. N'avait-elle pas d'ailleurs aperçu le père Barberin qui les surveillait depuis le parvis de l'église ?

— Un jeu ! Un jeu ! réclamèrent des voix de jeunes gens.

Aussitôt, les musiciens entamèrent un morceau enjoué et les danseurs formèrent une ronde.

— Je commence ! s'écria Florent en gagnant le centre du cercle.

Propulsant ses jambes en l'air, il se mit dans la position du poirier. Aussitôt, un vieil homme entonna le refrain d'une chanson repris en chœur par les danseurs. Entraînée par la ronde, Bruna ne quittait pas Florent des yeux. Combien de temps allait-il tenir ?

Soudain, le vieux chanteur s'interrompit, frappa fortement dans ses mains. Florent sauta sur ses pieds, courut à elle et l'embrassa sur la joue.

— J'attendrai, lui souffla-t-il à l'oreille.

Des applaudissements et des rires montèrent du groupe. Bruna se sentit devenir écarlate. Mais déjà, un jeune homme prenait la place de Florent dans le cercle.

Main dans la main, ils rejoignirent Adeline et Lison qui mordaient à belles dents dans de petits gâteaux dégoulinant de miel.

— Eh bien, les amoureux ! Vous êtes fatigués de danser ? lança Lison en riant.

— Ces pâtisseries ont l'air bien appétissantes, dit Florent en l'ignorant. Je vais nous en acheter, Bruna.

Tandis qu'il s'éloignait, Adeline siffla :

— Quelle galanterie ! Tu te marieras avant la fin de l'année, Bruna !

Lison pouffa.

— Pour sûr, Bruna ne manque pas de soupirants, vois donc qui la tient à l'œil depuis tout à l'heure.

Bruna se retourna. À quelques pas d'elle, un homme était accoudé au comptoir d'un marchand de vin. L'ombre mouvante des feux dansait sur sa silhouette immobile. Oskar le Germain avait relevé ses cheveux au sommet de sa tête. Il se tourna pour prendre la chope que lui tendait le marchand. Une longue cicatrice zébrait également son cou.

Réprimant un frisson, Bruna se récria :

— C'est ridicule ! Tu racontes n'importe quoi.

— N'importe quoi ? ricana Lison. Mais regarde-le donc, il a les yeux fixés sur toi !

Bruna risqua un nouveau coup d'œil derrière elle. Le regard froid du mercenaire était posé sur elle. Elle se retourna précipitamment.

— C'est toi qui attires l'attention sur nous en parlant si fort, bredouilla-t-elle.

Lison haussa les épaules.

— En tout cas, s'il t'invite à danser, je te le laisse volontiers.

Elle se tut, apercevant Florent qui revenait, des gâteaux pleins les mains. Tout à coup, Bruna n'avait plus faim. Se pouvait-il que son amie eût raison ? Et si Oskar l'invitait à danser ? Que dirait-elle ?

Elle jeta un coup d'œil de côté. Le comptoir du marchand de vin était vide. Elle fouilla la foule des yeux, affolée. Où était passé le mercenaire ? Peut-être allait-il surgir devant elle ?

Mais les danses avaient cessé. Les gens formaient maintenant un cercle autour des feux. De jeunes hommes s'exerçaient à sauter par-dessus les flammes sous les applaudissements de la foule. Florent prit la main de Bruna.

— Viens ! Sautons par-dessus les feux nous aussi et nous aurons du bonheur toute l'année.

— Non, je ne préfère pas. J'ai peur de ne pas être très agile...

Avant que Florent n'ait eu le temps de répondre, Adeline s'avança :

— Moi je saute !

— Eh bien, allons-y ensemble, dit le jeune homme d'un ton déçu.

Bruna les regarda s'éloigner vers les feux. Elle était fatiguée d'avoir tant dansé et elle se sentait étrangement triste. La nuit était complète à présent. Dans le ciel noir, une lune pâle répondait à la vive clarté de l'étoile du berger. Elle baissa la tête et tourna le dos à la fête.

Une lueur argentée baignait le jardin du château. Loin des bruits de la fête, le chant des grillons était apaisant.

Bruna grimpa les marches de pierre qui conduisaient au chemin de ronde. Entre les créneaux, la vallée se déroulait, noire et argent, jusqu'aux montagnes perdues dans les nuées sombres. C'était quelque part, sur le flanc d'une de ces montagnes, que se nichait la petite bergerie. Ce soir-là, le soleil s'était couché exactement derrière la pierre. Le vieil Aloïs et son petit-fils étaient partis à pied chez Grégoire le Barbu fêter la Saint-Jean. Elle essaya d'imaginer les chants autour des flammes dansantes, la voix grave de Grand-Père et le rire de Pierre. Mais la campagne lui opposait un profond silence.

Une ombre surgit sur les remparts. Bruna bondit en arrière. Oskar le Germain lui adressa un large sourire.

— Je vous ai fait peur.

— Oui, dit la jeune fille, déconcertée, vous m'avez surprise.

C'était la première fois qu'elle le voyait sourire. Et son sourire n'avait rien de terrifiant.

— Rassurez-vous, dit-il. Je ne vous ferai aucun mal, en dépit ce qu'on a pu vous raconter.

— Alors pourquoi arrivez-vous sans prévenir, comme si vous en aviez l'intention ? rétorqua Bruna.

Le mercenaire eut l'air gêné.

— Je ne voulais pas vous effrayer. Pardonnez-moi.

Ce fut au tour de Bruna de se sentir gênée. La nuit de la Saint-Jean, au château, que pouvait-il lui arriver ? N'avait-elle pas exagéré ? Mais la tension qu'elle éprouvait en sa présence l'exaspérait.

— Pourquoi avez-vous quitté la fête ? demanda-t-elle brusquement.

— Comme vous, répondit calmement Oskar. Je ne suis plus à mon aise dans les fêtes. Elles me rappellent des souvenirs qui me rendent triste.

Lisait-il dans ses pensées ? Il s'accouda au créneau. Dans l'ombre, sa queue-de-cheval lui donnait le profil d'un de ces guerriers qui avaient vaincu l'Empire romain, des siècles auparavant. Le vieil Aloïs racontait parfois cette histoire et Bruna frissonnait, heureuse que ces temps terribles soient loin derrière eux.

— Quelles sont les personnes qui vous manquent ? demanda-t-elle doucement.

— Mes parents. Mais je ne les reverrai jamais. Je n'ai plus de famille.

— Que leur est-il arrivé ?

— Ils ont été tués par des brigands, sur les rives du Rhin, en Germanie, à des centaines de lieues d'ici.

— Mes parents aussi sont morts, devant Jérusalem, pendant la Croisade, répondit Bruna. Mais il me reste mon frère et mon grand-père.

— Vous les reverrez bientôt, dit simplement Oskar.

Brusquement, il tourna les talons et partit. Bruna le vit traverser le jardin et disparaître sous le couvert des feuillages argentés. Soudain, elle se sentit très seule.

Il ne lui avait pas dit s'il avait eu l'intention de l'inviter à danser.

Chapitre 10

Le retour du loup

Des cris réveillèrent Bruna ce matin-là. Elle avait dû dormir plus que de raison et Francette s'impatientait en cuisine. Le petit déjeuner du maître allait être servi en retard.

— Je descends ! dit-elle en étouffant un bâillement.

— Bruna !

La porte de bois qui donnait sur les escaliers s'ouvrit à la volée et elle se retrouva face au visage convulsé de Lison.

— Bruna !

La jeune servante se jeta dans ses bras.

— C'est... Adeline, gémit-elle dans un sanglot.

— Adeline ? répéta Bruna, hébétée.

— Elle est là, dans la cour. Elle...

— Quoi ?

Tout à coup, Bruna comprit. Une main glacée saisit son cœur.

— On l'a retrouvée ce matin à l'orée du bois, hurla Lison. Dévorée par les loups !

La cour du château était noire de monde. Un tombereau dételé était rangé près du perron. Une forme gisait en travers, recouverte d'un drap taché de sang. Des boucles brunes s'en échappaient. Francette pleurait, prostrée sur le corps, le bonnet défait.

Un jeune homme en habit bleu se précipita vers Bruna.

— Florent !

Il lui prit les mains.

— N'approche pas, Bruna. Quelque chose de terrible est arrivé.

— Je sais.

Il secoua la tête.

— J'étais là quand les bergers l'ont découverte. La... chose lui a sauté à la gorge.

— La lune était pleine cette nuit, se souvint soudain Bruna. Adeline m'avait demandé si je connaissais des recettes pour trouver l'amour, elle est sans doute allée toucher la Pierre levée.

— Et c'est la mort qu'elle a trouvée, compléta sombrement le jeune homme.

Prise d'un doute subit, Bruna se tourna vers la foule. Annette n'était pas là. Une sourde appréhension lui noua la gorge.

— Ça ne peut plus durer ! cria une voix dans l'assistance. Il faut faire quelque chose !

— Mais quoi ?

— Mais quoi, en effet, sinon vous repentir de vos péchés et garder vos filles de la tentation du diable !

Le père Barberin surgit de la foule. Drapé dans sa longue robe de bure, les yeux étincelant d'un éclat dur, il ressemblait à un oiseau sinistre.

Les voix se turent.

— Voilà comment Dieu punit ceux qui se détournent de lui ! reprit-il en désignant la jeune fille dans le chariot. Repentez-vous, car le malheur est sur vous !

Deux femmes se signèrent hâtivement en échangeant des regards effrayés. Là-haut, sur les remparts, une bande de corbeaux tournoyait en poussant des cris rauques.

— Peut-être y a-t-il eu péché, mon père...

Bernard de Roquemaure venait d'apparaître sur le perron.

— Mais si ce sont bien les loups qui ont tué, poursuivit-il, alors je les chasserai en premier !

Un murmure d'approbation parcourut la foule.

— Que tous les hommes valides se munissent de bâtons et de fourches et se joignent à moi. Nous partons en chasse dès maintenant !

— Ce n'est pas votre battue qui calmera la colère de Dieu ! s'égosilla le père Barberin.

Mais personne ne l'écoutait plus.

Chapitre 11

Soupçons

Plus tard dans la matinée, Bruna courait dans la rue des Degrés. Vaincue par le chagrin, Francette l'avait chargée des courses de la journée. À l'approche de la boulangerie Martin, elle ralentit. Annette devait croire qu'elle passait là par hasard. Elle plaça son panier en évidence au creux de son coude et s'avança en souriant :

— Bien le bonjour, Bruna, la salua le gros homme moustachu debout derrière le comptoir.

— Robert ?

Bruna posa son panier, décontenancée.

— Tu es la deuxième personne que je vois de toute la matinée, reprit le boulanger en soupirant. La moitié du bourg est partie à cette chasse aux loups dans les bois. Quelle terrible histoire que la mort de cette jeune fille !

— Comment va Annette ? demanda fébrilement Bruna. Je ne l'ai pas vue à la fête hier.

Le visage du boulanger se rembrunit.

— Tu ne la verras pas aujourd'hui encore. Je suis restée auprès d'elle toute la nuit. Elle est souffrante.

— Souffrante ? Ce n'est pas grave, au moins ?

— Non, répondit vivement Robert. Elle aura juste un peu trop mangé ces derniers jours...

Il rit un peu, mais de toute évidence, il était très inquiet. Il ignorait que sa femme buvait l'eau glacée du ruisseau qui traversait l'étang de la Pierre levée et que c'était ce qui l'avait rendue malade. Mais peut-être se doutait-il qu'elle lui mentait. Peut-être même avait-il tout deviné.

— Bon, dit Bruna distraitement. J'espère qu'elle se remettra vite. Peux-tu la saluer pour moi ?

— Je n'y manquerai pas.

Bruna s'éloigna, laissant le boulanger à son inquiétude. Elle ne voulait pas qu'il lût sur son visage la terrible idée qui lui était venue.

Annette n'était pas malade. Elle se cachait, avec la complicité de Robert qui savait tout des rites magiques auxquels se livrait sa femme. La nuit précédente, comme toutes les nuits de pleine lune, il avait laissé Annette se rendre à la Pierre levée. Mais il y avait déjà quelqu'un à la clairière : Adeline, les mains posées sur la Pierre, priant dans le clair de lune pour que ses rêves d'amour soient exaucés. Quelle déception pour Annette ! Elle qui par-dessus tout tenait à ce que ses démarches restent secrètes ! Il lui fallait faire demi-tour. Rentrer à Roquemaure et attendre la pleine lune suivante. Un long mois de plus à patienter... C'est alors que, peut-être une branche avait craqué, une pierre avait roulé... Adeline s'était retournée. Se savoir démasquée avait dû rendre Annette folle de peur. Et alors... Bruna se rappela le couteau qui l'avait menacée, la forçant à reculer, et le visage convulsé de colère de sa marraine. Elle aurait frappé... Mais elle avait déjà frappé Margot, et combien d'autres filles avant elle ? Robert le savait. Et il la protégeait.

— Place, demoiselle, place !

Bruna s'écarta de justesse pour laisser passer une charrette remplie de carcasses de moutons. Un jarret tomba sur le pavé. Des chiens se précipitèrent sur ce repas inespéré pour le dévorer à belles dents. Comme les loups, la veille, s'étaient partagé le corps découvert à la lisière de la forêt...

La jeune fille s'arrêta, le cœur au bord des lèvres. Comment avait-elle pu imaginer toutes ces horreurs ? Annette était sa marraine. Mais une pensée la glaça jusqu'aux os : c'était peut-être pour cette raison qu'elle était encore sauve...

Bruna toucha la petite croix à travers le tissu de sa chemise et regarda vers le ciel. Aucun aigle n'y planait comme à Peyrefitte, étendant ses ailes pour dessiner des cercles protecteurs au-dessus de la bergerie. À qui pouvait-elle se confier ? À Florent ? À Lison ? Pouvaient-ils la croire ? Elle n'avait aucune preuve. Non, elle ne pouvait s'ouvrir à personne. Elle était bien seule.

À l'aube du lendemain, une dizaine de loups morts s'entassaient dans la cour du château. La battue avait duré un jour et une nuit. Heureux et soulagés, les villageois affluaient pour contempler les énormes bêtes au pelage terni. Bruna se fraya un chemin parmi les hommes qui allaient et venaient, déchargeant les chevaux, reconduisant les chiens à leurs niches. Elle aperçut Oskar qui inspectait le corps d'un loup étendu et les battements de son cœur s'accélérèrent.

— Oskar ?

C'était la première fois qu'elle prononçait son nom. Il sonnait étrangement à ses oreilles.

Le mercenaire se retourna et lui sourit.

— Ces loups vont être dépecés et leurs carcasses brûlées.

— Voilà l'occasion de vous faire confectionner un bonnet, suggéra Bruna d'un ton enjoué.

Oskar secoua la tête en riant.

— Le pelage de celui-ci est trop mince et abîmé.

— Mais il y en a neuf autres ! Les gens disent que la chasse a été bonne.

Une ombre passa sur le visage du mercenaire.
— L'avenir seul nous le dira, répondit-il simplement.
La jeune fille ne put réprimer un frisson.

Chapitre 12

Le sabre ensanglanté

— Bruna ! appela Francette depuis les escaliers. Messire Bernard te demande. Monte vite !

Bruna laissa la pâte à beignets. Que pouvait lui vouloir, le seigneur ? Il ne l'avait pas fait appeler depuis le jour de son arrivée. Francette l'attendait sur le seuil de la chambre du seigneur, l'air inquiet.

— Entre, vite ! ordonna-t-elle. Le père Barberin peut arriver d'un moment à l'autre.

Bruna s'avança, intriguée. Bernard de Roquemaure était allongé dans son lit. Il fit signe à la jeune fille d'approcher, le souffle coupé par une quinte de toux.

— Vous être souffrant, messire ?

— Cette chasse aux loups m'a épuisé, je crache du sang, et cela ne fait qu'empirer. Tu m'as dit connaître des remèdes. Je crois plus en la vertu des potions ou des pansements qu'en celle des prières du père Barberin, expliqua-t-il dans un sourire moqueur.

Bruna réfléchit à toute allure. « Que ferait Grand-Père à ma place ? Si seulement il pouvait être avec moi en cet instant ! » Mais il était bien loin. Et pourtant... n'était-ce pas sa voix qui lui soufflait doucement à l'oreille ?

— Des violettes ! s'écria Bruna. Une infusion de violettes calmera votre toux.

— Soit, ma fille. Mais où comptes-tu trouver ces violettes ? Il n'en pousse pas au château.

— Dans les prés, messire. Les violettes poussent...

Elle s'interrompit, réalisant soudain ce qu'elle allait dire. Il lui sembla qu'un courant d'air glacé traversait la pièce.

— ... à l'orée des bois, messire, compléta-t-elle à voix basse.

Il y eut un silence. Le seigneur s'éclaircit la gorge.

— Bien. Mais tu n'iras pas seule. Non seulement pour écarter un possible danger, mais pour ne pas faire jaser le père Barberin. Un de mes hommes t'accompagnera.

Bruna se retourna. Oskar le Germain se tenait sur le seuil de la chambre, immobile, ses grands yeux bleus fixés sur elle.

— Allez, mes enfants, dit Bernard de Roquemaure entre deux quintes de toux. Partez maintenant et revenez vite, avant que le père Barberin ne l'apprenne !

Bruna et Oskar marchaient côte à côte le long du ruisseau, à la lisière de la forêt. Les feuillages des arbres jouaient dans la lumière du soleil et se reflétaient dans les eaux mouvantes. Était-ce la présence d'Oskar ? Il scrutait les environs, les traits tendus. Il était là pour la protéger et, pour la première fois, la jeune fille n'avait pas peur.

Il n'y avait aucune fleur sous les arbres touffus de la lisière. Bruna se tourna vers Oskar.

— N'y aurait-il pas un autre endroit où trouver des violettes ?

L'avait-il entendue ? Puis soudain il la fixa des yeux et déclara :

— À la clairière de la Pierre levée.

— La clairière...

Bruna se tut. La clairière de la Pierre levée. Il voulait la mener à l'endroit maudit. Elle se rappelait son atmosphère pesante, la peur qui l'avait saisie puis poussée à partir, la première fois qu'elle y était venue. Puis elle pensa à Bernard de Roquemaure. Guérirait-il si elle ne trouvait pas de violettes ?

Il lui sembla qu'un léger sourire se dessinait sur les lèvres du mercenaire.

— Ne craignez rien. Suivez-moi.

Ils entrèrent dans la forêt en suivant le cours du ruisseau. Bruna laissa Oskar ouvrir la marche. Le mercenaire ne devait pas deviner qu'elle connaissait déjà le chemin. Et puis, peut-être pourrait-elle fuir en cas de danger...

À l'entrée de la clairière, une vive lueur la fit cligner des yeux. L'étang brillait comme un miroir et, sur sa berge, l'énorme rocher n'en paraissait que plus gris et plus vieux.

Oskar posa la main sur la pierre moussue.

— Croyez-vous à ses pouvoirs ? demanda-t-il brusquement.

— Je ne connais pas ces croyances, répondit prudemment Bruna. Où sont les fleurs dont vous m'avez parlé ?

— Derrière vous.

Un tapis violet s'étendait à l'ombre d'un grand chêne. La jeune fille entreprit de fouiller l'herbe autour des fleurs pour en dégager les racines. Tout à coup, sa main rencontra une surface froide et un éclat métallique jaillit du sol.

Le cri de Bruna fit s'envoler les oiseaux cachés dans les fourrés. En trois enjambées, Oskar fut près d'elle. Il ramassa un petit sabre à la poignée délicatement sculptée et à la lame souillée de taches rougeâtres.

— Du sang séché, déclara-t-il.

— Qu'est-ce que ça veut dire ? bredouilla Bruna.

Confusément, elle pressentait la réponse d'Oskar et un tremblement la parcourut des pieds à la tête.

— Bruna, les loups ne se servent pas d'armes pour tuer, dit simplement le mercenaire.

Leurs regards se croisèrent. Ils gardèrent le silence pendant un long moment. Bruna était incapable de penser, elle ne pouvait détacher son regard de la lame souillée.

— Qu'allez-vous faire ? put-elle enfin demander.

Oskar la regarda d'un air surpris.

— Présenter ce sabre au sieur Bernard, bien sûr. Il doit savoir qu'il n'y a pas que les loups qui tuent, dans cette forêt.

Chapitre 13

Un vol au presbytère

Quand Bruna entra dans la chambre du seigneur avec un bol d'infusion de violettes, Bernard de Roquemaure était assis près de la fenêtre, enveloppé dans une couverture. Le sabre ensanglanté était posé sur une table basse devant lui. Oskar se tenait debout dos à la cheminée, le visage soucieux.

— Entre, ma fille, dit le seigneur d'un ton las. Oskar m'a tout raconté, ajouta-t-il en prenant le bol d'infusion.

Il la but d'un trait et se renfonça dans son siège avec un soupir. Il avait l'air accablé.

— Eh bien, mes enfants, une chose est sûre. Ce sabre n'a pas pu être perdu par un de nos chasseurs lors de la dernière battue. C'est une arme de combat.

Il se rembrunit.

— À moins que les rites autour de la Pierre levée ne comprennent maintenant des sacrifices d'animaux, je crains que nous n'ayons là l'arme qui a tué la pauvre fille que nous avons retrouvée il y a huitaine dans la forêt.

— Elle aurait donc été tuée avant d'être jetée aux loups, murmura Bruna, glacée d'horreur.

Ses terribles déductions de la veille lui revenaient douloureusement en mémoire. Ainsi, elle ne s'était pas trompée. Le cauchemar devenait réalité. Se pouvait-il qu'elle eût raison sur tout ?

— J'espère qu'il ne s'agit pas de sacrifice humain, reprit Bernard de Roquemaure.

Comme Bruna le fixait sans parvenir à articuler un mot, le seigneur expliqua :

— Hélas, Bruna, l'âme humaine recèle bien des noirceurs. Je crois certains paysans de Roquemaure capables de tout, même de vendre leur âme au diable pour soigner leurs maux. Et le sang des jeunes filles paraît chargé de tant de vertus, dans les livres de sorcellerie !

C'était horrible. Et pourtant Bernard de Roquemaure disait vrai. Devait-elle lui raconter ce qu'elle savait ? Mais sans preuve, comment accuser Annette ? Sa propre marraine...

— Que pouvons-nous faire, sire ?

Oskar s'était avancé.

Bernard de Roquemaure eut un long soupir. Il n'avait jamais paru aussi fatigué ni aussi vieux qu'à cet instant.

— Avant toute chose, nous devons garder secret ce que vous avez découvert et ne surtout pas en parler au père Barberin. Il trouverait là matière à lancer une chasse aux hérétiques qui ne manquerait pas de mettre le pays à feu et à sang. Je ne veux rien de tel tant que l'affaire ne sera pas élucidée et que l'homme ou la femme coupable de ce crime ne soit conduit devant moi pour recevoir le châtiment qu'il mérite.

Il s'interrompit. Des éclats de voix résonnaient dans l'escalier. Lison apparut tout essoufflée dans la pièce.

— Messire, il y a ici le...

Elle n'eut pas le temps de finir. Le père Barberin surgit devant eux, le doigt pointé sur Bernard de Roquemaure :

— Messire Bernard ! C'est un scandale !

— Quoi, mon père ? demanda Bernard de Roquemaure, décontenancé par cette soudaine apparition.

Le curé était rouge et essoufflé, les sourcils en bataille, ses yeux lançant des éclairs. Sans prêter attention à Bruna et Oskar, il se planta devant le seigneur, agitant ses bras décharnés.

— On a osé voler un homme de Dieu ! La serrure du coffre a été cassée, purement et simplement. Je l'ai retrouvée en deux morceaux sur le sol.

— Quel coffre, mon père ?

Mais le prêtre n'écoutait pas. Il avait aperçu le sabre, toujours posé en évidence sur la tablette de bois. Il poussa un rugissement et se précipita sur l'arme.

— C'est le sabre oriental qu'on m'a volé ! Comment se fait-il que je le retrouve ici ?

Il s'en était déjà emparé quand il aperçut les taches sur la lame.

— Qu'est-ce que cela ? s'écria-t-il en se signant.

— Du sang, répondit tranquillement Bernard de Roquemaure, un léger sourire sur les lèvres.

L'effroi du prêtre semblait l'amuser.

— Ce sabre a été découvert dans la clairière de la Pierre levée ce matin même, non loin de l'endroit où la jeune brodeuse a été retrouvée morte il y a une semaine.

— La clairière de la Pierre levée ? répéta le prêtre, hébété. Mais par quel maléfice ?

— Vous devriez vous asseoir, mon père, dit fermement Bernard de Roquemaure. Et tout me raconter, depuis le début.

Le père Barberin se laissa tomber sur un banc, abattu. Le matin même, il était entré dans la pièce d'étude du presbytère pour prendre un livre et y avait découvert un coffre dont la serrure avait été brisée.

— J'y conservais des pièces de valeur rapportées de la Croisade.

— Quels sont donc les objets qui ont été volés ? demanda Bernard de Roquemaure.

— Des objets ? s'étrangla le prêtre en roulant des yeux révoltés. Des reliques, vous voulez dire ! Un petit christ en bronze et un encensoir en or serti d'émeraudes et de rubis de Jérusalem. Et cette arme de combat prise à un Infidèle, dit-il en désignant le sabre.

— Dites-moi, mon père, quelqu'un d'autre que vous savait-il que vous gardiez ces obj... reliques dans ce coffre ?

— Maria, ma servante, mais elle est très dévouée et je la crois bien incapable d'un tel acte. De toute façon, ma demeure n'est un secret pour personne. J'y accueille souvent de pauvres hères, pour une nuit ou un repas.

— En avez-vous reçu récemment ?

Le prêtre réfléchit quelques secondes.

— Non, mais ma porte est ouverte, jour et nuit. N'importe qui peut entrer ! Et le vol peut avoir eu lieu n'importe quand, hier comme il y a une semaine, peut-être. Je ne suis pas entré dans cette pièce depuis quelques jours.

— Ces gens que vous accueillez au presbytère, insista Bernard de Roquemaure, les connaissez-vous un peu ?

— Oui, ils sont tous de Roquemaure. Il y a ces trois mendiants de la place Saint-Sauveur. Le chef de cette bande s'appelle lui-même Hugon la Variole, à cause des marques de petite vérole qu'il porte sur le visage.

À ces mots, Bruna frissonna. Elle crut sentir l'haleine fétide du mendiant dans son cou et vit briller sa lame. Il ne voulait pas seulement lui faire peur. Il l'aurait poignardée sans pitié si Oskar n'était pas intervenu. Pour un panier de fèves comme pour quelques sous, il semblait tout à fait capable de tuer. Elle sut que c'était également l'avis de Bernard de Roquemaure :

— Aucun argent n'a été retrouvé sur les filles tuées à la Pierre levée. On a bien pu le leur voler, dit-il à mi-voix.

— Pensez-vous un homme capable de crimes aussi monstrueux ? s'écria le père Barberin. Ce ne peut être qu'un homme inspiré par le diable !

Il bondit sur ses pieds.

— Je veux qu'il soit traduit devant la justice de Dieu.

— Si cette affaire relève de la sorcellerie, je vous le livrerai, répliqua fermement Bernard de Roquemaure. Dans le cas contraire, c'est moi qui déciderai de son sort. En attendant, qu'on aille me chercher ce Hugon la Variole et ses compères. Je veux les interroger sur-le-champ.

Oskar s'inclina et sortit.

Chapitre 14

Hugon la Variole

Poussé par Oskar, Hugon la Variole s'avança en boitant dans la grande salle noire de monde pour la séance de justice. La nouvelle de son arrestation avait fait le tour du bourg et les habitants avaient accouru en masse au château, soupçonnant une affaire sordide. Le mendiant avait été découvert en train de fouiller un tas d'immondices au pied des remparts. Il jetait des regards à la fois méfiants et moqueurs autour de lui, en essuyant ses mains sur ses vêtements crasseux. Arrivé devant Bernard de Roquemaure, il aperçut Bruna et un sourire édenté plissa son visage.

— Où sont ses compagnons ? interrogea sèchement le seigneur.

— Introuvables, messire, répondit Oskar.

— Il les aura tués eux aussi, lança le père Barberin.

Une rumeur d'effroi parcourut l'assistance.

— Silence ! cria Bernard de Roquemaure.

Hugon ne riait plus. Son visage avait perdu son expression moqueuse. La peur se lisait maintenant dans ses yeux.

— Hé ! Mais je n'ai tué personne, moi ! Vous croyez que mes compères allaient attendre que vous veniez les chercher quand ils ont su que j'étais pris ?

— Tais-toi, mécréant ! hurla le père Barberin. Reconnais-tu ce sabre ?

Il brandit la lame souillée. Le mendiant écarquilla les yeux.

— Non. Je devrais ?

— Insolent ! explosa le père Barberin. Tu l'as volé chez moi avec deux autres reliques de Terre sainte ! Et tu t'en es débarrassé dans les bois après t'en être servi pour assassiner trois jeunes filles qui refusaient de te faire l'aumône en échange de la promesse de ton silence sur leur péché !

Une rumeur horrifiée monta de nouveau de la salle. Les gens avaient compris.

— À mort ! cria quelqu'un. Qu'on le pende !

— Mais je n'ai tué personne ! gémit Hugon.

— Silence ! répéta Bernard de Roquemaure. Parle, mendiant, et si tu dis la vérité, peut-être auras-tu la vie sauve.

— Je n'ai tué personne, messire, ça, je peux vous le jurer, bredouilla le misérable. Mais j'avoue avoir volé le père Barberin.

— Quand ?

— Il y a huit jours. Il m'avait offert à déjeuner et j'ai attendu qu'il s'absente pour ouvrir le coffre. Je savais qu'il y conservait des objets de valeur.

— Qu'as-tu pris ?

— Un christ en bronze et un de ces pots dont on se sert à l'église pour faire brûler l'encens. Il était en or et...

— Un encensoir, mécréant ! tonna le père Barberin. Tu brûleras en enfer !

— Attendez ! supplia Hugon. C'est vrai, j'ai volé ces deux reliques, mais pas le sabre. Il était bien dans le coffre, mais je ne l'ai pas pris. Qu'est-ce que j'en aurais fait ? J'ai déjà un couteau. Non, je cherchais des objets de valeur à revendre...

— À revendre ? s'étrangla le père Barberin.

— Ben oui, à revendre. Mais je n'ai pas encore eu le temps de le faire.

— Où sont-ils, alors ?

Hugon hésita. Mais devant le regard terrible du prêtre, il lâcha à contrecœur :

— Rue du Puits sans Poulie, dans une niche sous le porche de la boucherie.

Le père Barberin sortit en courant, suivi de quelques fidèles. Bernard de Roquemaure parut soulagé de ce départ. Il se tourna vers Hugon qui se tenait toujours prostré devant lui :

— Est-ce bien là toute la vérité ?

— La vérité du bon Dieu, messire. J'ai volé mais je n'ai pas touché à ce sabre et je n'ai tué personne. D'ailleurs, je ne vais presque jamais dans les bois. On dit bien assez qu'ils sont maudits. Vous n'allez pas me pendre ?

Il y eut un long silence. Bernard de Roquemaure fixait le sabre abandonné par le père Barberin sur la table à côté de lui. Puis il releva la tête et déclara sèchement :

— Je ne te crois pas. La poignée de cette arme est sertie d'or. Tu m'as menti.

Hugon ouvrit la bouche pour protester mais il l'arrêta d'un geste.

— Qu'on jette cet homme au cachot.

Chapitre 15

Le cadeau d'Oskar

En cette chaude après-midi de juillet, un vent rafraîchissant soufflait des montagnes. Bruna prit quelques vêtements à repriser, du fil et une aiguille et se dirigea vers le fenil. À l'entrée de la basse-cour, son cœur se mit à battre à coups redoublés. Une silhouette se découpait au pied du fenil. Sans doute était-ce Florent qui venait la voir ! Rougissante, elle rajusta son bonnet... et s'arrêta net.

Oskar le Germain était adossé aux premiers barreaux de l'échelle.

Il se leva pour la saluer.

— Je venais vous faire mes adieux, dit-il gravement.

— Vos adieux ? répéta Bruna sans comprendre.

— J'accompagne messire Bernard chez son suzerain, le sieur de Castelmont, où il séjourne quelque temps tous les ans.

— Quelque temps ? répéta Bruna. Ce ne sera pas trop long tout de même ?

Elle se mordit les lèvres. Pourquoi avait-elle parlé ainsi ? Au sourire qui avait éclairé les traits du mercenaire, elle voyait bien que ses paroles lui avaient fait plaisir. Qu'allait-il s'imaginer à présent ? Elle avait envie de se glisser dans le foin et d'y disparaître tout à fait.

Oskar secoua la tête.

— C'est l'affaire d'une quarantaine de jours. Nous serons de retour pour les vendanges. Cela passera très vite, vous verrez. Cela ne fait-il pas quarante jours que vous êtes à Roquemaure ?

— Oui, reconnut Bruna.

Il se rappelait donc précisément le jour de son arrivée. Pour dissimuler son trouble, elle ajouta :

— Il faut dire qu'il est arrivé de telles choses que je n'ai pas vu le temps passer. Maintenant que Hugon la Variole a été démasqué, la vie va reprendre son cours...

— Vous croyez vraiment que Hugon la Variole a tué ces trois filles ? demanda Oskar.

Bruna le dévisagea, interloquée. Hugon la Variole croupissait depuis trois semaines dans les geôles du château. La veille, Bernard de Roquemaure avait fait connaître son jugement définitif. D'un jour à l'autre, le mendiant serait pendu sur la place Saint-Sauveur. Il pouvait continuer de crier son innocence, sa culpabilité ne faisait aucun doute. Et Bruna en était soulagée. Annette ne saurait jamais qu'elle l'avait injustement soupçonnée !

Hugon était bien le meurtrier. Pourquoi Oskar suggérait-il le contraire ? C'était absurde.

— Comment Hugon la Variole pourrait-il être innocent ? s'écria-t-elle.

Le mercenaire eut un nouveau sourire.

— Vous dites cela parce que vous vous rappelez le couteau avec lequel il vous a menacée, un jour au marché...

— Et dont il se serait certainement servi si vous n'étiez pas intervenu, compléta Bruna avec véhémence.

Que voulait dire Oskar ? Elle avait beau scruter son visage, pas un signe ne trahissait ses pensées. Pourquoi ne s'expliquait-il pas ? Ne lui faisait-il plus confiance ? Elle croyait s'en être fait un ami...

Il glissa la main dans les plis de sa cape et en sortit un petit fourreau de bois d'où dépassait une poignée ouvragée.

— Tenez, il est à vous.

Bruna considéra l'arme que le mercenaire avait sortie de son fourreau. C'était un petit poignard à la lame fine et scintillante.

— Mais... ?

— Prenez-le, insista Oskar. Et gardez-le toujours avec vous. Hugon la Variole en prison, les rues n'en restent pas moins dangereuses pour une jeune fille. D'autres mendiants peuvent guetter votre panier, sans compter les mercenaires, dont on ne sait jamais quoi penser.

Elle le regarda. Ses yeux pétillaient.

— Vous n'êtes pas sérieux ! s'écria-t-elle en riant. J'espère que vous avez raison, et que les quarante jours à venir passeront vite à Roquemaure.

— Oh, mais j'espère qu'ils passeront tout aussi vite à Castelmont. Il me tarde de pouvoir vous surveiller de nouveau, dit-il dans un grand sourire.

Un pas retentit dans la basse-cour. Une silhouette bougea derrière la haie de vigne vierge.

Oskar s'inclina, un peu raide.

— Soyez prudente, Bruna, dit-il à voix basse. Adieu.

— Adieu, Oskar.

À peine avait-il disparu que Florent sortait de sa cachette, le visage contrarié.

— Bonjour, Bruna. Que te voulait-il, celui-là ?

Elle hésita un instant.

— Il m'informait de son prochain départ pour Castelmont avec messire Bernard, répondit-elle à regret.

— Eh bien, tant mieux ! s'écria Florent, retrouvant sa bonne humeur. Il nous laissera donc tranquilles d'aller et venir comme bon nous semble.

— Oui, reconnut Bruna avec un pincement au cœur.

Elle avait dissimulé le poignard dans les plis de sa robe et elle espérait que Florent ne remarquerait pas le scintillement du manche dans le soleil. Mais il lui prit galamment la main.

— Je venais te chercher. Un montreur d'ours et des jongleurs font leurs tours sur la place Saint-Sauveur jusqu'à vêpres. Nous avons bien besoin de nous amuser après les terribles événements qui se sont déroulés à Roquemaure !

— Oh oui ! approuva Bruna, moins enthousiaste qu'elle l'aurait voulu. Allons-y vite !

— Le seigneur parti, soupira Francette, nous avons quarante jours à satisfaire les caprices de Maître Michelin.

Bruna hocha la tête en frottant vigoureusement un plat de fer taché de graisse. Maître Michelin, l'intendant de Bernard de Roquemaure, dirigeait la seigneurie en son absence et tenait à le faire savoir. Par trois fois, au souper, il avait renvoyé sa part de rôti en prétextant que la viande n'était pas assez cuite. Quarante jours et autant de repas à préparer pour un tel maître n'étaient pas une perspective réjouissante, mais Bruna n'arrivait pas à s'en inquiéter. Oskar était parti. Florent avait tenté en vain de la divertir tout l'après-midi ; elle se sentait vide et triste.

— Dis, tu ne parles pas beaucoup, ce soir ! la secoua Francette. Tu écoutes ce que je te dis, au moins ? Je t'ai demandé où tu as trouvé ce poignard que tu portes à la ceinture ?

Bruna sursauta.

— Je... J'ai acheté ce poignard pour me protéger, mentit-elle.

— Ne me dis pas que c'est un conseil du Germain ? s'indigna la cuisinière. Je le trouve très empressé auprès de toi depuis quelque temps...

« Mieux qu'un conseil, un cadeau », pensa Bruna, mais elle ne dit rien. Francette était déjà assez énervée !

— Quel beau parleur, celui-là ! Ce n'est pas avec un poignard à la ceinture que tu plairas aux hommes.

Bruna n'écoutait plus. De retour au château, elle avait encore admiré la poignée ouvragée de l'arme. Un dessin avait attiré son attention. C'était deux lettres entrelacées, gravées sur la garde. Un B et un A. *Bruna d'Aloïs*. Ce poignard était vraiment un cadeau. Mais Oskar le Germain était déjà loin. Et elle l'avait à peine remercié.

Chapitre 16

PLEINE LUNE

La nuit tombait quand Bruna rejoignit le dortoir sous les toits. Lison n'y était pas encore. C'était, avec ses escapades dans le fenil, un des rares moments de la journée où elle se retrouvait vraiment seule.

Elle poussa le volet et regarda les montagnes. L'horizon était déjà plongé dans l'ombre. Derrière les contours accidentés des pics, les dernières lueurs du couchant s'estompaient dans une mer de nuages violacés. Pierre et ses chèvres avaient dû regagner la bergerie. Grand-Père remuait la soupe qui réchauffait dans la grande marmite. Ils allaient la partager autour de l'âtre, car les nuits sont fraîches en montagne. Au même moment, à quelques lieues de là, la veillée devait commencer au château de Castelmont. Bruna imagina Oskar le Germain, assis près d'une cheminée monumentale, les lueurs du feu dansant sur son visage impassible. Pensait-il à elle ? Elle haussa les épaules. C'était ridicule. Le seigneur de Castelmont attendait une centaine d'invités. Il devait y avoir tant de chevaliers avec qui discuter, tant de belles dames à admirer... Elle toucha la garde du poignard du bout des doigts. Elle était froide et luisait faiblement dans l'obscurité. Comme les yeux d'Oskar. Elle eut envie de pleurer.

Les cloches de Roquemaure sonnaient les complies. Dans le ciel bleu sombre, au-dessus des bois, le disque pâle de la lune montait lentement. Étaient-ce les neuf coups de cloche ? Le lever de la pleine lune ? Ou le toucher glacé du poignard sous ses doigts ? Ou un peu tout cela à la fois ? « Croyez-vous vraiment que Hugon la Variole a tué ces trois filles ? » avait demandé Oskar.

Elle se retourna, le souffle coupé. La paillasse de Lison était vide. Sur la perche[1], sa cape et son bonnet avaient disparu.

Bruna dévala les escaliers du donjon. Les cuisines étaient vides et plongées dans l'ombre. Elle sortit dans la basse-cour. Les volets de la maison de Francette étaient clos mais la lueur d'une bougie dansait sous la porte. Bruna se précipita :

— Francette ! Ouvre-moi !

1. Perche : au Moyen-Âge, on suspend ses vêtements à une sorte de porte-manteau formé d'une barre de bois fixée dans le mur parallèlement au lit, la *perche*.

La grosse cuisinière apparut, en chemise de nuit, un gros bonnet blanc noué sous le menton.

— Qu'est-ce qui t'arrive, ma fille ?

— As-tu vu Lison ?

— Lison ? Pas depuis le souper. Mais enfin, elle ne dort pas avec toi ?

— Qu'est-ce que c'est que ce raffut ? beugla Seguin en sortant des écuries, une chandelle à la main.

— Bruna cherche Lison, expliqua Francette. Elle n'est pas là-haut.

— Elle passe sûrement la nuit chez sa cousine, au bourg. Pas de quoi s'affoler !

— Si justement ! s'écria Bruna.

C'était ce qu'elle avait craint. L'absence de Lison, le mal inguérissable de sa cousine Jeanne, et cette nuit de pleine lune. Et surtout, surtout, les paroles d'Oskar, au sujet du poignard qu'il lui avait offert : « Gardez-le toujours avec vous. » Elle ne devait plus hésiter. Elle partit en courant.

— Que se passe-t-il, Bruna ? Es-tu devenue folle ?

Mais Bruna ne répondit pas. D'un bond, elle s'était glissée sous la herse de l'entrée du château que les gardes étaient en train d'abaisser pour la nuit et s'élança dans les rues du bourg.

Rencognée dans un étroit passage, la maison de Jeanne était plongée dans l'ombre. La porte et les volets étaient clos. Bruna appela et tambourina en vain. Seuls lui répondirent les aboiements d'un chien énervé. Elle regarda autour d'elle. La rue était déserte. Bientôt, il ferait complètement nuit. Une sueur glacée coulait dans son dos. Il ne restait qu'une solution : le père Barberin. C'était peut-être se jeter dans la gueule du loup. Mais avait-elle le choix ? Elle rejoignit en courant la place Saint-Sauveur.

Arrivée devant la porte du presbytère, elle frappa de toutes ses forces.

— Qui est là ? demanda une voix étouffée.

— Bruna d'Aloïs.

La porte grinça. Florent s'encadra dans l'ouverture, vêtu d'un habit sombre.

— Bruna ? Que fais-tu ici ? Tu as l'air bouleversé !

— Florent, il se passe quelque chose de terrible. Où est le père Barberin ?

— Il est sorti veiller un malade.

Bruna sentit ses jambes se dérober et se raccrocha de justesse au chambranle.

— Bruna ! Vas-tu me dire ce qu'il se passe ? Tu me fais peur !

Florent lui avait pris les mains, et elle faillit tout lui raconter. Mais elle ne pouvait pas. Ce qu'elle pensait était tellement fou. Il ne la croirait peut-être même pas.

— Je suis sûre que Lison a accompagné sa cousine à la Pierre levée pour essayer de la guérir, répondit-elle en essayant de se calmer. Et elles courent un grave danger.

— Je te crois ! s'écria Florent. Elles renient Dieu en s'adonnant à ces stupides rites païens.

— Oui, je sais, dit Bruna. Mais elles risquent d'être tuées.

Le jeune homme sursauta.

— Tuées ? Mais par qui ? Hugon la Variole est enchaîné dans les geôles du château.

— Ce n'est peut-être pas lui, souffla Bruna.

Florent la dévisagea un instant, interdit. Puis il soupira :

— Allons-y.

Bruna et Florent suivaient le cours du ruisseau en direction des bois. Elle était bien loin, cette après-midi ensoleillée où ils avaient marché côte à côte en bavardant, légers et insouciants ! Tout était bien différent ce soir-là. Ils n'avaient pas échangé un mot depuis leur départ du bourg. Florent marchait à grands pas, le front soucieux. Il avait pris le temps d'accrocher à sa ceinture une longue dague et Bruna se demandait, en voyant la masse noire des bois grossir, ce qui les attendait dans la clairière. Comme elle espérait s'être trompée ! Le cœur battant, elle s'enfonça dans le sous-bois à la suite de Florent.

La lune éclaboussait la clairière de sa lumière argentée. Lison et Jeanne priaient, agenouillées près de l'étang. Une troisième femme était assise sur la pierre. Elle sursauta au bruit des pas crissant sur l'herbe.

Annette avait pleuré. Ses yeux étaient emplis d'une telle tristesse et d'un tel espoir que Bruna eut honte de l'avoir un temps soupçonnée.

— J'essaie juste d'avoir un enfant, expliqua-t-elle d'un ton las. Rien de plus. L'eau du ruisseau n'a réussi qu'à me rendre malade, c'est pour cela que je suis venue ici...

— Je sais Annette, dit doucement Bruna.

— Bruna ? Florent ? Mais que faites-vous ici ? s'étonna Lison qui venait de remarquer leur présence.

— Nous sommes venus vous chercher, répondit Bruna. Il faut partir, vite.

— Mais pourquoi ? Il n'y a plus aucun danger maintenant.

— Plus aucun danger, crois-tu ?

La voix de Florent avait fendu l'air, froide et cassante comme une lame.

— Vous n'avez donc aucune crainte de Dieu ? Vous n'avez pas pensé un seul instant que vous le défiez en venant ainsi, vous ne pensez pas qu'il va vous laisser aller sans vous punir de votre péché ?

— Florent ? bredouilla Lison. Que fais-tu ?

Bruna se retourna. Quelque chose brillait dans la main droite du jeune homme. Il avait dégainé sa dague et il avançait lentement vers elles.

— Florent ?

Il ne l'avait pas entendue. Il continuait d'avancer, les yeux exorbités, le visage crispé par la fureur. Il n'avait rien du doux jeune homme qu'elle connaissait et elle se demanda un instant si elle voyait bien. Mais il n'y avait pas de doute. Florent marchait sur elles, le bras dressé, prêt à frapper. Comment n'avait-elle pas compris plus tôt ?

Annette elle aussi fixait leur agresseur, complètement abasourdie. Jeanne et Lison se serraient l'une contre l'autre, muettes de peur. Le jeune homme ricana :

— Vous n'en revenez pas ? Toi, Bruna, tu as cru que le père Barberin avait pu tuer ces filles ? Il m'a élevé et je l'ai toujours entendu dénoncer la Pierre levée et ses maléfices, menacer d'excommunier les pécheurs et d'abattre cette pierre de malheur, et que fait-il ? Rien ! cracha-t-il. Il n'y a que moi qui applique la parole de Dieu. Je veille ici les soirs de pleine lune pour lui rendre justice.

— C'est... c'est toi, Florent, qui as tué Adeline et Margot ? balbutia Annette, horrifiée.

— Il fallait qu'elles expient leurs crimes.

Florent se tourna vers Bruna.

— Pour continuer mon travail, j'avais besoin d'une lame solide. Un soir que le père Barberin avait accueilli cet idiot de Hugon la Variole, j'ai surpris le mendiant en train de forcer la serrure du coffre à reliques pour y voler quelques objets.

C'était une aubaine. Je savais que le père Barberin y conservait des armes. J'étais sûr que cet idiot de Hugon serait accusé du vol à ma place. Mais la nuit de la Saint-Jean, rien ne s'est passé comme prévu. J'ai dansé avec Adeline et cette sotte s'est imaginé que j'étais amoureux d'elle. Elle a voulu que nous nous tenions les mains sur la pierre pour sceller notre destin. C'est moi qui ai scellé son destin, d'un seul coup de sabre ! asséna le jeune homme dans un rire lugubre. De retour au presbytère, je me suis rendu compte que j'avais mon arme. Il a fallu que ce soit quelqu'un d'autre qui la retrouve ! Hugon accusé et emprisonné, les mécréants ont été rassurés. Ils se préparent à revenir toujours plus nombreux à la Pierre levée. Mais je mènerai ma mission jusqu'au bout et je vous tuerai toutes les quatre !

— Pitié ! hurla Jeanne.

— Florent ! Tu ne peux pas faire cela ! souffla Bruna.

Il la regarda d'un air terrible.

— J'ai beaucoup de peine, Bruna. J'ai tout de suite vu que tu n'étais pas comme ces idiotes et j'allais te demander de devenir ma femme. Mais j'ai compris que ton cœur penchait pour Oskar, ce mercenaire barbare ! C'est lui qui t'a offert ce poignard que tu portes à ta ceinture. Crois-tu que je ne l'ai pas vu ? Je l'ai surpris à l'armurerie, demander au forgeron de graver tes initiales sur la garde !

— Lui au moins n'est pas un meurtrier ! s'écria Bruna.

— Un meurtrier ? s'étrangla Florent. Je suis la main du Seigneur !

Annette resta figée d'effroi. Poussant un cri de terreur, Lison et Jeanne se mirent à courir vers la forêt. Florent fit un mouvement pour les poursuivre et s'arrêta. Un mauvais sourire passa sur ses lèvres.

— Elles n'iront pas loin, dit-il. Je vais d'abord m'occuper de toi, Bruna. Tu crois pouvoir m'échapper avec ce poignard ridicule ? Ton ami le Germain t'a-t-il seulement appris à t'en servir ?

— C'est ce qu'on va voir ! répliqua Bruna.

— Non, Bruna ! hurla Annette. Pitié, Florent ! Si quelqu'un doit mourir, c'est moi ! C'est moi qui ai péché !

— Ta filleule est tout aussi coupable que toi, décréta Florent. Elle essaie de vous protéger, toi et les autres !

— Je n'ai pas peur, dit Bruna.

Dans sa paume, le poignard d'Oskar était froid et rassurant. Florent avança la main pour s'en saisir, mais la jeune fille fut plus rapide. Le bedeau poussa un cri de rage. Elle l'avait touché.

— Garce ! Tu ne perds rien pour attendre !

Il se jeta sur elle. Bruna bondit en arrière. Elle entendit Annette hurler. Au même moment, une douleur fulgurante lui traversa la jambe. Sa robe était déchirée au-dessus du genou et une tache sombre s'élargissait sur le tissu. Elle glissa à terre. Le rire mauvais de Florent sonnait à ses oreilles.

— Tu fais moins la fière, à présent !

Bruna vit la lame de la dague briller au-dessus d'elle. Elle ferma les yeux.

Il y eut un sifflement, suivi d'un cri. Quelque chose tomba dans l'herbe avec un bruit mat. Bruna rouvrit les yeux. Florent avait lâché sa dague et s'enfuyait à toutes jambes, une flèche plantée dans le bras.

— Allez-y, rattrapez-le ! ordonna une voix rocailleuse.

Bruna se retourna. Bernard de Roquemaure brandissait son épée, dressé sur son palefroi. Surgis de l'ombre, des cavaliers encapuchonnés passèrent au galop devant elle. Le dernier s'arrêta. Il était lui aussi vêtu d'un manteau à capuchon qui cachait son visage. À la vue du carquois qu'il portait en bandoulière, le cœur de Bruna se mit à battre plus fort.

L'archer descendit de cheval et s'agenouilla près d'elle.

— Vous êtes blessée... Laissez-moi regarder.

Bruna serra les dents, tandis qu'il écartait le tissu ensanglanté.

— Rien de grave. Mais vous ne pourrez pas marcher jusqu'à Roquemaure.

Elle se sentit soulevée comme une plume et déposée sur la selle du cheval. Un vague rêve lui revint mémoire, celui d'une jeune fille enlevée par un cavalier. Et tandis qu'elle chevauchait vers le château, la tête appuyée sur l'épaule d'Oskar le Germain, elle sourit.

Chapitre 17

UN BOUQUET DE ROSES BLANCHES

Bruna s'étira. Le soleil la fit cligner des yeux. Elle était à moitié allongée sur le banc de pierre, dans la basse-cour. La chemise qu'elle était en train de recoudre lui avait glissé des mains. Elle se pencha pour la ramasser et étouffa un cri de douleur. Elle avait oublié sa blessure. Francette y avait appliqué un cataplasme de feuilles d'hysope mais elle avait trop serré le pansement.

Elle se rallongea en grimaçant. Elle n'avait pas voulu s'assoupir, cependant la nuit avait été mouvementée. De retour à Roquemaure, Lison et Jeanne avaient donné l'alerte. Le bourg tout entier s'était joint aux recherches. En vain. Florent semblait avoir été englouti par les ténèbres de la forêt. C'est un berger qui, au matin, avait découvert le corps sans vie du bedeau à la lisière des bois.

— Bruna, tu as de la visite ! cria Francette depuis les cuisines.

Bruna se redressa. Oskar apparut dans l'encadrement, drapé dans sa cape.

— Comment allez-vous ? demanda-t-il en s'asseyant sur le banc près d'elle.

— Bien mieux.

Il gardait la main derrière son dos et elle ne put s'empêcher de le dévisager, intriguée. Il sourit en lui tendant un bouquet de roses blanches.

— Ce sont des roses sauvages. Peut-être ont-elles des vertus médicinales ?

— Peut-être, répondit Bruna en rougissant. Merci, Oskar. Avez-vous des nouvelles depuis ce matin ?

— Le père Barberin s'est enfermé chez lui. Il est furieux de ne s'être douté de rien.

— Comment l'aurait-il pu ? Comment imaginer que Florent pouvait être coupable ?

Elle se rappelait son regard tendre, ses gestes si prévenants. Et le malaise qui l'avait envahie lors de leur escapade dans les bois de la Pierre levée. Était-ce un pressentiment qu'elle avait éprouvé ce jour-là ?

— Oskar, vous ne m'avez pas dit comment vous vous êtes retrouvés dans les bois avec messire Bernard ?

Le mercenaire acquiesça.

— Le sieur Bernard voulait s'assurer de la culpabilité de Hugon. Après tout, ses compagnons avaient disparu. C'est pour cela qu'il a décidé que nous partirions plus tôt pour Castelmont, de façon à pouvoir nous cacher dans les bois et attendre la pleine lune sur les bords de l'étang.

— Heureusement que vous m'aviez mise en garde, frissonna Bruna.

Elle sortit le poignard de son fourreau.

— Je ne vous ai pas assez remercié pour ce cadeau. Je crois qu'il ne me sera plus d'une grande utilité désormais.

Oscar secoua la tête.

— Vous savez mieux que personne que les rues ne sont pas sûres pour une demoiselle, surtout maintenant que Hugon la Variole va être libéré.

Il se leva.

— J'oubliais : Jeanne est guérie. Sa joie de vivre est revenue depuis cette nuit.

— Ce serait donc vrai ? souffla Bruna, interdite. Alors... Ma marraine doit attendre un enfant !

Oskar eut un sourire mystérieux.

— Il est encore un peu tôt pour le dire. Mais il est vrai que les pierres, comme les plantes, peuvent receler de nombreux pouvoirs...

— Hélas ! La prochaine pleine lune est trop loin pour aider la Pierre levée à guérir ma blessure, se lamenta Bruna. Messire Bernard m'a accordé huitaine pour rendre visite à ma famille. Que vais-je bien pouvoir raconter ?

— Vous direz la vérité, tout simplement. Vivre à Roquemaure est dangereux.

Bruna ne put s'empêcher de rire. C'était le moment ou jamais.

— Oskar !

Il se retourna et elle crut voir dans ses yeux comme une lueur d'espoir, cependant si furtive qu'elle en douta.

— Me conduirez-vous à Peyrefitte ? souffla-t-elle, le cœur battant. Je crois que mon grand-père serait heureux de faire votre connaissance.

Il scruta son visage un instant, comme s'il n'avait pas bien compris. Puis un tendre sourire illumina ses traits :

— J'espère que messire Bernard ne verra pas d'inconvénient à ce que je m'assure que vous arriviez sans encombre chez vous, quitte à le rejoindre un peu plus tard que prévu à Castelmont.

Il lui prit les mains et les serra un instant entre les siennes.

— Je m'en vais le lui demander, souffla-t-il avant de disparaître aussi vite qu'il était apparu.

Tremblante d'émotion, Bruna prit le bouquet de roses. Il y en avait sept, aux pétales immaculés et doux comme de la soie. « Je vous aime en silence, disaient-elles. D'un amour très noble et très pur. »

— Sainte Vierge ! s'écria Francette qui était apparue sur le seuil, les poings sur les hanches. Des roses blanches ! Tu sais ce que cela veut dire, ma fille ? La demande en mariage n'est pas loin. Et un mariage d'amour, en plus.

Elle affichait une mine catastrophée. Bruna éclata d'un rire joyeux.

— Ce barbare d'Oskar le Germain ! Qui l'aurait cru, n'est-ce pas, Francette ?

Chapitre 18

RETOUR À PEYREFITTE

En cette fin d'après-midi d'été, trois silhouettes progressaient sur le sentier à flanc de montagne. La première était une femme coiffée d'un voile qui marchait en parlant avec animation. Derrière elle une jeune fille aux longs cheveux bruns ceints d'une couronne de roses était assise en amazone sur le dos d'un cheval. Un homme blond aux yeux très bleus, chaussé de bottes, tenait la bride de l'animal.

Bruna respirait à pleins poumons l'air sec et vif de la montagne. De temps en temps, elle échangeait un regard amusé avec Oskar. Annette, en sa qualité de marraine, se devait de les accompagner et n'avait pas arrêté de bavarder depuis qu'ils avaient quitté Roquemaure.

— Bruna, tu me laisseras parler à ton grand-père d'abord, répéta-t-elle pour la centième fois. Il sera plus disposé à accepter Oskar. Même si franchement je ne vois pas pourquoi il s'opposerait à votre union...

Mais Bruna n'écoutait plus. Des chèvres bêlaient, juchées sur les rochers qui surplombaient le sentier. Plus loin, les murs ocre d'une petite bergerie se découpaient sur le flanc de la montagne.

Un jeune garçon, les vêtements rouges de poussière, sauta sur le chemin.

— Bruna est de retour ! criait Pierre en courant vers la bergerie.

Assis au bord du ravin, à l'ombre d'une énorme pierre grise, un vieil homme à barbe blanche lisait la Bible.

Les larmes montèrent aux yeux de Bruna.

— Grand-Père ! appela-t-elle.

Mais le vieillard s'était déjà levé pour accueillir les visiteurs. Son regard bleu pétillant se posa sur le jeune homme blond.

— Bienvenue à Peyrefitte, mon fils.

Bruna serra la main d'Oskar.

— Nous voici chez nous.

Table

Dépôt légal : août 2010
N° d'édition : L.01EJEN000348.C002
Loi n° 49-956 du 16 juillet 1949
sur les publications destinées à la jeunesse